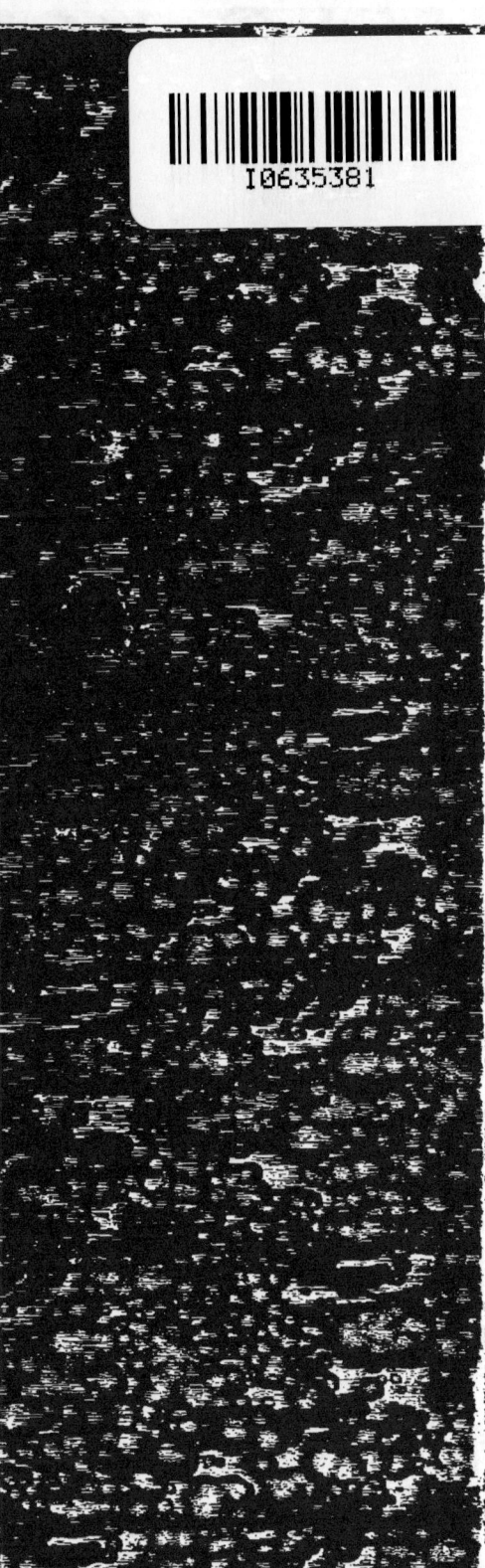

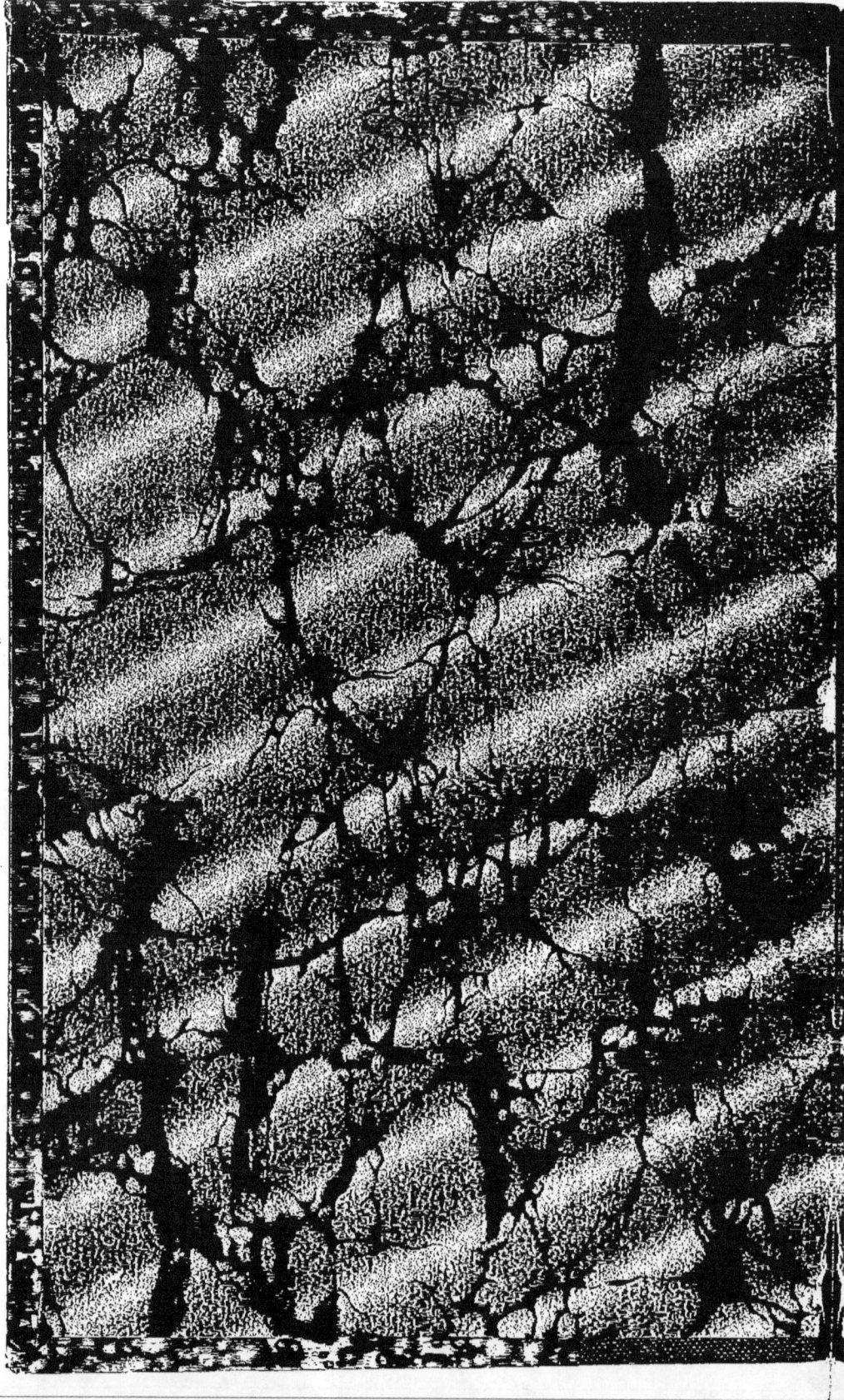

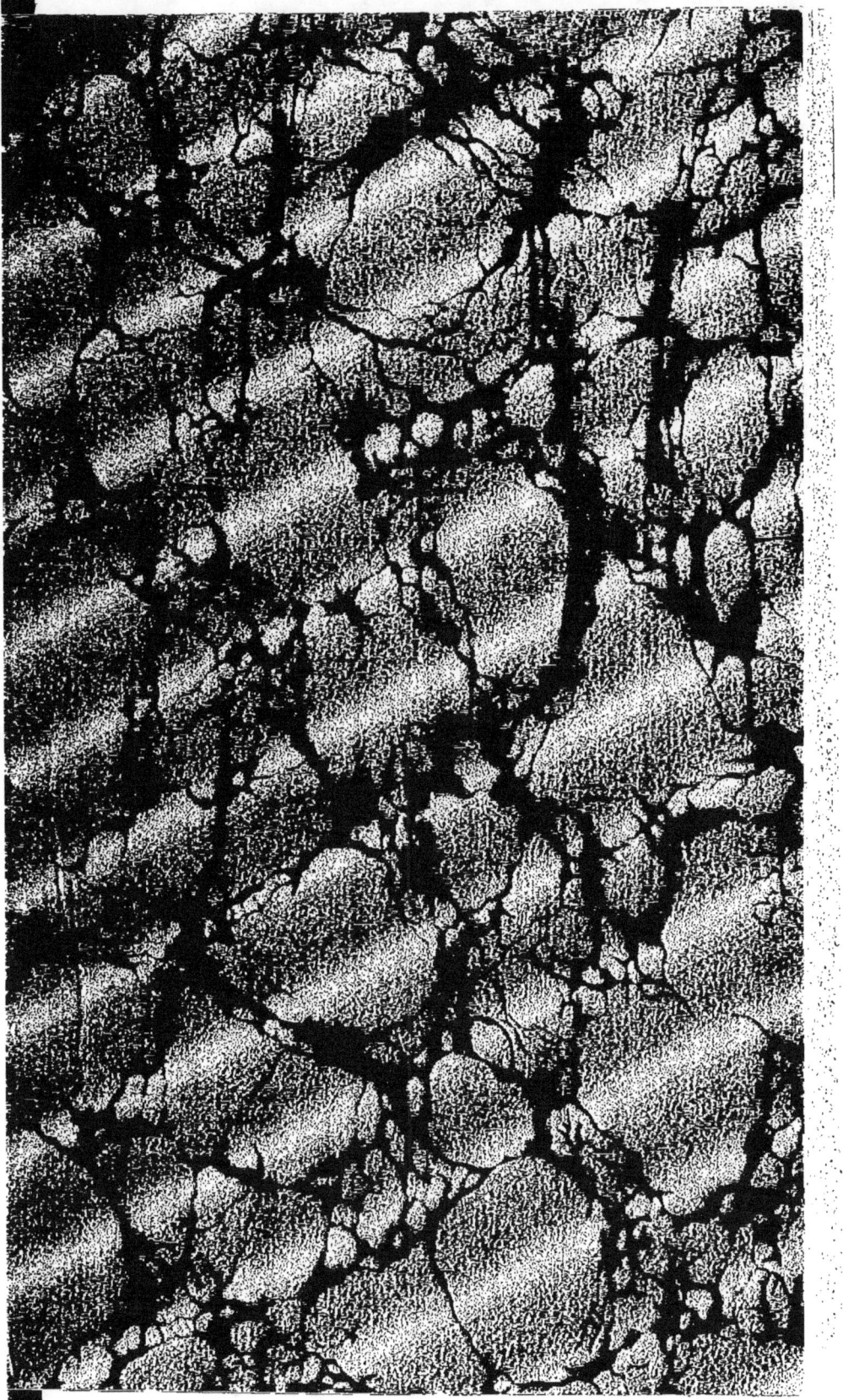

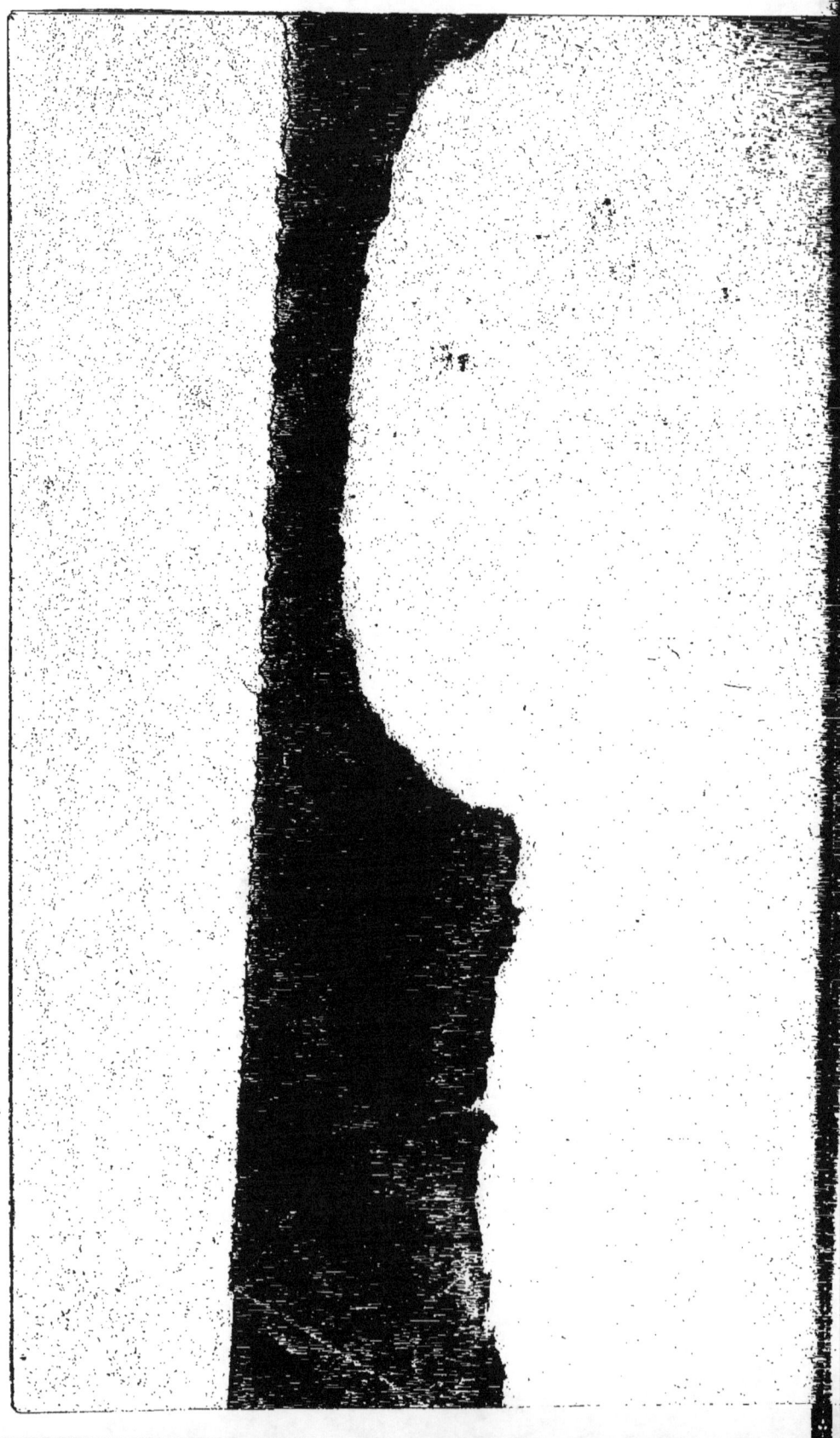

LES CRUAUTÉS

DE L'AMOUR

OUVRAGES DU MÊME AUTEUR

EN PRÉPARATION

LA CONQUÊTE DU PARADIS.

Poitiers, typ. J. Ressayre. — Paris, 22, rue Saint-Sulpice.

LES CRUAUTÉS

DE

L'AMOUR

PAR

JUDITH GAUTIER

PARIS

E. DENTU, ÉDITEUR

LIBRAIRE DE LA SOCIÉTÉ DES GENS DE LETTRES

PALAIS-ROYAL, 15-17-19, GALERIE D'ORLÉANS

—

1879

LES

CRUAUTÉS DE L'AMOUR

I

Au milieu d'une nuit d'hiver, froide et sans lune, un traîneau emporté par deux chevaux lancés à toute bride filait avec une rapidité vertigineuse à travers la plaine qui s'étend de Wologda à N...

Les patins rayaient la neige, dure et cassante, avec un sifflement continu, les sabots des chevaux la faisaient craquer et en arrachaient des fragments qui s'éparpillaient en fine poussière à droite et à gauche.

Aucune lumière ne signalait le traîneau, il passait presque invisible dans la nuit obscure, éclairée cependant confusément par le reflet des blancheurs du sol.

Deux personnes occupaient le véhicule, une femme soigneusement emmitouflée de fourrures et un homme enveloppé d'une bonne *touloupe* et qui guidait les chevaux.

— Ah! Pavel, que je suis heureuse d'être libre! dit la femme d'une voix qu'entrecoupait la rapidité de la course.

L'homme ne répondit que par un grognement affectueux.

— Es-tu sûr d'être dans la bonne voie? reprit-elle, la route est effacée par l'épaisseur de la neige et je ne conçois pas que tu puisses guider tes chevaux dans cette obscurité.

Soyez tranquille, Clélia Grégorowna, là où je vais, j'irais les yeux fermés. D'ailleurs, voici un des poteaux qui jalonnent la route... Ah! il est déjà loin, ajouta Pavel tandis que sa compagne tournait la tête, mais nous n'avons pas dévié du bon chemin.

Clélia Grégorowna se mit à rire.

— Quelle surprise pour ces bons paysans que cette arrivée inattendue, dit-elle, ils vont pousser des ah! à n'en plus finir. Es-tu bien sûr de ces gens-là?

— Sûr comme de moi-même, dit Pavel, sans cela vous conduirais-je chez eux? La femme d'Ivan Ivanovitch était la sœur de la chère compagne que j'ai perdue. J'ai rendu quelques services à Ivan, et ce n'est pas un ingrat : il se mettrait au feu pour moi.

— Plus vite ! ces chevaux ne marchent pas, dit Clélia, qui regardait en arrière comme si elle eût craint d'être suivie.

Pavel communiqua à l'attelage une impétuosité plus grande encore, ce qui ne semblait pas possible.

On eut bientôt franchi l'immense plaine et le traîneau longea sans ralentir sa course la lisière d'un bois de pins.

Les arbres se dressèrent d'abord d'un seul côté du chemin, puis quelques-uns s'alignèrent de l'autre côté, mais clair-semés, peu nombreux. Ils avaient l'air de grands spectres soulevant des draperies blanches.

Un chien aboya dans le lointain.

— Nous sommes signalés, dit Pavel.

Le bois de pins se reculait un peu du bord de la route et quelques chaumières à demi ensevelies sous la neige commençaient à apparaître. Dans la pénombre, on les distinguait à peine ; elles semblaient être seulement des mouvements du terrain.

Pavel lança brusquement son attelage à droite et longea un instant une palissade de rotins.

— Nous sommes arrivés, dit-il en arrêtant les chevaux.

Sans les hurlements prolongés des chiens qui donnaient de la voix de différents côtés, on eût douté de la présence d'un être vivant dans ce village enfoui sous la neige et si profondément immobile et silencieux.

Le traîneau s'était arrêté devant une porte cochère beaucoup plus haute que la palissade de bois qu'elle interrompait. Pavel sauta sur la neige et chercha la chaîne qui correspondait à une cloche intérieure ; il tâtonna quelques instants le long de la porte et eut de la peine à saisir cette chaîne de sa main rendue maladroite par un vaste gant fourré, articulé seulement au pouce.

La cloche vivement secouée rendit un son grave et vibrant, mais rien ne bougea dans l'habitation.

— Nous ne parviendrons jamais à les réveiller, dit Clélia.

Pavel sonna de nouveau et accompagna le carillon de coups violents appliqués à pleins poings dans la porte. Le premier résultat de ce tapage fut de porter au plus haut point l'indignation des chiens et de faire glapir quelques volailles subitement éveillées, puis une lumière parut à une fenêtre, qui devint visible dans l'obscurité ; bientôt la fenêtre s'ouvrit et une voix de femme se fit entendre.

— Qui est-ce qui fait un tel tintamarre à une pareille heure ? cria-t-elle.

Une voix d'homme reprit aussitôt :

— André, viens donc par ici et charge ta carabine.

— Quoi ! quoi ! s'écria Pavel, est-ce ainsi que l'on reçoit un vieil ami ? Un coup de fusil, comme tu y vas ! C'est moi Paul Pétrovitch, ton camarade, ton beau-frère. Eh bien, en voilà une réception !

— Paul Pétrovitch ! Paul Pétrovitch ! est-ce possible ? par une nuit pareille, que la neige est épaisse comme la hauteur d'un homme !

— Allons, ne vas-tu pas t'émerveiller jusqu'à demain et me laisser geler à la porte ?

Une autre fenêtre s'était ouverte.

— Ne sortez pas, mon père, le froid est trop vif, dit une voix jeune et forte, je vais descendre et ouvrir à Pavel.

Bientôt la cour s'éclaira, des ombres et des lueurs brusques coururent sur la façade de la maison et la porte s'ouvrit.

— Soyez le bienvenu, Pavel Pétrovitch ! dit le jeune homme en posant sa lanterne à terre pour écarter le second battant de la porte.

— Bonsoir, André, bonsoir, tu vas mettre mes chevaux à l'écurie.

En même temps, Pavel fit entrer le traîneau dans la cour.

— Ah ! vous n'êtes pas seul ? dit André en apercevant Clélia qui n'était pas descendue du traîneau.

— Chut, enfant ! chut ! ferme la porte ! répondit Pavel en aidant sa compagne à mettre pied à terre.

Ils entrèrent dans la maison. Ivan venait à la rencontre de son ami. Ils se jetèrent dans les bras l'un de l'autre et s'embrassèrent avec effusion, puis ce fut le tour de Catherine, la femme d'Ivan, que Pavel embrassa cordialement sur les deux joues.

— Entrons vite ! dit-il, c'est la jeune comtesse que je vous amène.

— La comtesse, bon Dieu ! sans prévenir ! comment lui faire honneur et la bien recevoir ? s'écria Catherine, tout ahurie.

— Ne vous effrayez pas tant, un peu de feu pour me réchauffer, c'est tout ce que je désire, dit Clélia en riant.

— Heureusement qu'à cette époque-ci le poêle brûle jour et nuit, dit Catherine. C'est égal, Pavel aurait dû nous écrire un mot.

Ils pénétrèrent dans une pièce dont le plafond et les murs étaient revêtus de planches de sapin, agrémentées de découpures ; le parquet soigneusement gratté et savonné, avait l'air d'avoir été posé la veille, tant il était blanc ; entre deux fenêtres, sans rideaux, s'étendait un grand canapé de cuir vert ; une table, quelques escabeaux complétaient l'ameublement ; sur la muraille, un tableau représentant la Vierge et l'enfant Jésus, peint dans le style byzantin, jetait un éclat fauve. La robe et le voile de la Vierge étaient en or, découpés seulement à la place du visage et des mains qui laissaient voir leur carnation brune. Devant la sainte image une petite lampe pendait du plafond, elle n'était pas allumée, d'ailleurs il était visible qu'on n'habitait pas d'ordinaire cette pièce, une sorte de rectitude et de sécheresse trahissait l'isolement dans lequel on la laissait. C'était un parloir plutôt qu'un salon. Catherine qui précédait ses hôtes, une lampe à la main, ne fit que la traverser, elle pénétra dans une salle beaucoup plus riante, en même temps cuisine et lieu de réunion. La lampe éclaira d'abord une crédence qui occupait une encoignure et luisait toute chargée de vaisselle peinte, de vases en cuivre jaune et de quelques objets d'argent niellé ; puis elle fit voir la large face blanche d'une horloge à gaîne en chêne sculpté et quelques armes accrochées au mur.

Clélia s'assit sur un banc scellé dans la muraille

et qui occupait deux côtés de la salle sans s'interrompre, comme un divan, et elle s'accouda à la grande table qui s'étendait devant ce banc.

— Ah! mon pauvre Pavel! dit-elle, tandis que Ivan jetait des bûches dans le feu et que Catherine la regardait avec une naïve admiration, il me semble à présent avoir fait une folie en venant ici.

— Est-ce que l'endroit vous déplaît, *barynia* (1) ?

— Non. Mais pourrai-je vivre ici et ne vais-je pas gêner horriblement ces braves gens ?

— Ah! par exemple, s'écria Pavel, en voilà une idée! je ne crains qu'une chose, c'est qu'ils perdent la tête quand ils sauront que vous voulez leur faire l'honneur d'habiter avec eux.

Catherine écoutait bouche béante sans comprendre. Elle s'était hâtivement accoutrée d'une jupe de laine rouge et d'une vieille touloupe de son mari. Quelques mèches de cheveux roux, s'échappaient de dessous son petit bonnet d'indienne ouaté et piqué. Elle avait une bonne et honnête figure de paysanne.

— Il faut nous expliquer, à la fin, Pavel, dit Clélia.

---

(1) Maîtresse.

— Viens ici, Ivan, et écoute ce que l'on va te dire, dit Pavel Pétrovitch.

Ivan s'avança et se tint debout.

— Vous ne connaissez pas la jeune comtesse, mais je vous ai bien souvent parlé d'elle. Comme vous savez, ma pauvre défunte fut sa nourrice, et moi, il me semble l'avoir été un peu aussi ; c'est moi qui lui ait fait goûter la première bouillie lorsque nous l'avons sevrée ; il me semble la voir encore : elle faisait une grimace qui découvrit ses quelques jolies dents toutes neuves, puis elle mit sa main en plein dans la cuiller. Vous pensez combien je l'aime ! je ne l'ai jamais quittée. Depuis qu'elle est une belle et noble demoiselle je suis resté à son service, un service très-doux, allez.

Eh bien ! la pauvre chère Clélia, que nous avons tant gâtée, tant dorlotée, n'est pas heureuse. Sa mère est morte en la mettant au monde, comme vous savez, mais le comte était là et il adorait sa fille, malheureusement il est mort aussi, le cher barine (1), et Clélia fut confiée à un tuteur, ni bon ni méchant, tant qu'il fut seul, mais qui devint franchement mauvais dès qu'il se fût marié à une femme acariâtre et jalouse...

(1) Maître, seigneur.

— Ah! ne parle pas de Prascovia! s'écria la jeune comtesse; c'est une horreur cette femme-là, et j'espère ne jamais la revoir. Imaginez-vous, mes braves, — j'ai aujourd'hui dix-neuf ans, — que voilà trois ans que Prascovia a épousé Samaïlof, et que depuis ce temps-là on me traite chez moi, dans mon propre château, comme le dernier des moujiks. Prascovia trouve que ma jeunesse fait tort à son âge mûr, et s'en venge sur moi par tous les petits moyens que peut employer une femme méchante. Moi qui étais habituée à commander et à faire toutes mes volontés, on peut deviner quel sang je me faisais; pourtant je prenais patience, ne sachant pas trop comment sortir de là. Mais voilà-t-il pas qu'à présent Prascovia veut me marier avec un vieillard à faire peur; conçois-tu cela, Catherine, un homme qui a trois fois mon âge, et moi qui trouve vieux un homme de vingt-cinq ans!

Catherine poussa un soupir plein de commisération.

A ce moment, André entra dans la salle par une porte donnant sur la cour. Les chevaux étaient à l'écurie et le traîneau rangé sous un hangar.

— Mais asseyez-vous donc! s'écria Clélia. Je ne pense à rien, je vous laisse là debout.

Les paysans s'assirent sur des escabeaux, le jeune homme resta debout.

— Tu ne m'avais pas parlé de ce garçon-là, dit Clélia en regardant André avec curiosité. Et elle ajouta intérieurement : Quel dommage ! un moujik avoir une telle mine, pendant que tant de seigneurs ressemblent à de vrais sapajous !

Le jeune homme, un peu embarrassé, alla allumer un samovar pour préparer du thé.

— Peut-être la barynia n'aimera pas le thé que nous buvons, dit Catherine.

— Je suis très-difficile en effet pour cette boisson, dit Clélia ; mais j'ai dans ma valise du thé de Caravane. Ton fils s'appelle André ? dit-elle à Ivan.

— André Ivanovitch.

— Androwcha, dit-elle au jeune homme, vois donc derrière le traîneau, il y a une valise et une malle. Prends la valise.

André sortit et revint bientôt avec la valise qu'il posa sur la table. La jeune comtesse ôta d'un seul mouvement son gant fourré et secoua un peu ses doigts blancs comme du lait, dont l'un était orné de deux bagues, enchâssant l'une un diamant, l'autre une large turquoise. Elle prit une petite clef et ouvrit la valise.

Tandis qu'elle fouillait à travers mille objets qui

répandaient un parfum délicieux, André la considérait avec la surprise de quelqu'un qui rêve encore. N'ayant pas assisté au début de la conversation, il ne savait ni qui elle était ni ce qu'elle venait faire chez eux ; il pouvait du moins connaître son visage. Il vit une peau d'une incomparable blancheur, des yeux noir bordés de cils énormes comme ceux des enfants, des cheveux qui ressemblaient au vermeil lorsqu'il est un peu pâli par l'usage, un nez fin dont les narines semblaient transparentes, et une bouche de forme un peu indécise mais d'une grâce extrême cependant, le sourire la soulevait d'un seul côté et creusait une fossette dans la joue. Les sourcils, très-mobiles, donnaient par instant une expression grave à cette tête enfantine. Le regard était plein d'assurance et l'on devinait une énergie tenace sous cette beauté frêle et mondaine.

— Qui peut-elle être ? se demandait André.

Elle releva son joli visage vers lui et lui tendit le paquet de thé enveloppé d'une feuille de plomb. Puis elle se débarrassa de sa pelisse de satin noir, doublée de renard bleu, et du capuchon qui couvrait sa tête. Les boucles d'or de ses cheveux roulèrent sur son dos. Une chaîne de Venise, qui tenait sa montre, s'était prise à une agrafe qu'elle arracha avec un mouvement d'impatience.

— Voyons, reprit-elle, je continue mon histoire.

Pour être brève, je vous dirai que je me suis sauvée. Je sais bien qu'on ne pouvait pas m'obliger à épouser ce vilain vieil homme, mais il me fallait tous les jours écouter les douceurs qu'il me débitait, voir sa laide figure rouge et vulgaire ; chaque matin, il me fallait jeter au feu ses bouquets et ses lettres ; de plus, entendre les reproches continuels de mon tuteur et les insinuations vipérines de la chère Prascovia. Je me sentais devenir folle. Alors, j'allai trouver mon bon Pavel, qui souvent gémissait avec moi de cet état de choses, et je lui confiai ma résolution de quitter la maison. Je voulais aller en France, mais il me fit remarquer que je ne disposais pas de ma fortune et que je serais malheureuse en France ; de plus, qu'il n'était pas convenable pour une jeune fille d'aller ainsi courir le monde, et il m'offrit de m'emmener chez des braves gens qui m'aimeraient comme leur fille, me feraient passer pour une de leurs parentes et garderaient le plus profond secret sur ma véritable condition. Eh bien, me voici chez ces braves gens. Voulez-vous de moi ?

— Ah ! sainte bonne Vierge ! s'écria Catherine, si nous voulons d'elle ! C'est comme si on demandait au petit agneau qui vient de naître s'il veut le lait de sa mère !

Clélia sourit de cette étrange comparaison.

— Barynia, dit Ivan, vous trouverez en nous des serviteurs dévoués et fidèles qui n'oublieront jamais l'honneur que vous leur faites de choisir leur maison pour asile.

— Mais, pour ne pas donner l'éveil, il faut que la chère demoiselle adopte la vie et le costume d'une paysanne, dit Pavel. Habituée au luxe comme elle l'est, je crains que ce ne soit bien dur pour elle.

— Que dis-tu, Palouwcha ? s'écria la jeune fille ; pour être loin de Prascovia je consentirais à vivre dans les steppes de la Sibérie. Ici je serai très-heureuse, cela m'amusera de vivre quelque temps en campagnarde ; j'aime beaucoup la vie libre et sauvage.

— Vous ne manquerez de rien ici, dit Ivan, et vos toilettes, pour être moins belles, n'en seront ni moins chaudes ni moins commodes, et l'affection de ceux qui vous entoureront vous fera peut-être oublier le méchant cœur de Mme Prascovia.

— Merci, mes amis, dit Clélia ; je vous aimerai bien aussi.

André avait apporté des verres, et l'on versa le thé.

— Ecoute, Androwcha, dit Pavel, as-tu deux bons chevaux qui ne s'amusent pas en route ?

— J'ai deux trotteurs qui vous dévorent une verste comme j'avale un verre de thé.

— Vous avez bien un traîneau ?

— Il y en a plusieurs.

— Eh bien, prends le plus léger et attelles-y tes chevaux. Tu vas me reconduire jusqu'à la maison de poste de L... Il y a loin, mais les nuits d'hiver sont longues. Tu seras de retour au petit jour.

— Pourquoi ne t'en vas-tu pas avec nos chevaux ? dit Clélia.

— Ah ! barynia, parce que j'ai songé à tout ce qu'il t'a plu d'oublier. Je veux laisser croire au château que tu es partie toute seule et il faut que l'équipage ne reparaisse pas. A la maison de poste, à de quelques roubles, j'ordonnerai aux palefreniers et aux serviteurs de dire, si on les questionne, qu'une dame a passé au milieu de la nuit, qu'elle a demandé un verre de thé, puis a continué sa course par la route qui mène à la station du chemin de fer et qu'elle doit avoir passé la frontière prussienne. Ensuite je rentrerai sans être vu au château et je serai bien étonné demain lorsque j'apprendrai votre disparition, on enverra aux renseignements et comme on vous croira hors de la Russie, on ne viendra pas vous chercher ici.

— Sais-tu que tu as de l'esprit, Pavel ? Tu as, ma

foi, parfaitement raison. Vont-ils être furieux, mes chers persécuteurs!

— Ne craignez-vous pas, chère demoiselle, dit Ivan, qu'ils ne profitent de votre absence pour gaspiller votre fortune?

— Sois tranquille, Ivan, je serai là, dit Pavel. Je suis l'intendant du domaine et tout passe par mes mains. Je ne reste là-bas que pour veiller sur l'ennemi : sans cela me séparerais-je de ma chère maîtresse? Non, Pavel Pétrovitch ne ferait pas cela; il ne quitterait pas celle qu'il a fait sauter sur ses genoux.

— Allons, ne sois pas triste, Palouwcha, dit la jeune fille, dans un an et demi je suis majeure, et alors tout changera à la maison.

— En attendant, je serai content de vous savoir heureuse, dit Pavel. Mais hâtons-nous, le temps passe, il faut arriver avant le jour.

André remit son bonnet fourré, serra sa touloupe autour de lui et prenant sa lanterne retourna dehors.

Le traîneau fut bientôt attelé.

— Adieu! barynia, adieu! qui sait quand nous nous reverrons! dit Pavel, en baisant la robe de sa maîtresse; mais celle-ci lui tendit sa main qu'il porta à ses lèvres avec une respectueuse tendresse.

— Viens me voir souvent, n'est-ce pas ? dit-elle.

— Quand je pourrai le faire sans danger, je viendrai.

Il embrassa à plusieurs reprises ses vieux amis et s'en alla avec André Ivanovitch.

— Je vais te conduire à la chambre dans laquelle notre barine couche lorsqu'il vient à la chasse par ici, dit Catherine, c'est lui qui l'a fait meubler et c'est une belle chambre ; seulement remets ta pelisse jusqu'à ce que le feu soit bien allumé, tu pourrais recevoir un froid.

Catherine guida la jeune comtesse vers le premier étage. On y accédait par un escalier de bois qui craquait sous les pieds comme s'il eût voulu se rompre.

Clélia fut enchantée de la chambre ; elle était propre et même coquette, des rideaux de Perse à grandes fleurs cachaient les fenêtres ; une peau d'ours couvrait le plancher de sapin devant le lit et une grande glace très-pure se penchait au-dessus d'une toilette garnie d'une housse pareille aux rideaux.

Le poêle ronfla bientôt et Catherine ayant mis des draps au lit, la jeune fille commença à se déshabiller.

— Aide-moi, dit Clélia à la paysanne.

Catherine fit de son mieux, mais elle s'embrouilla dans les agrafes, dans les cordons, à la grande hilarité de la jeune comtesse, qui finit pourtant par se coucher et s'endormit bientôt.

Elle rêva que Prascovia avait découvert sa retraite, mais qu'André l'avait enfermée dans l'horloge de la cuisine et mise hors d'état de nuire.

II

Le lendemain, Clélia s'éveilla tard. Catherine
était entrée plusieurs fois dans la chambre pour
raviver le feu; la jeune fille n'avait rien entendu.
Vers midi, elle ouvrit enfin les yeux, s'assit sur
son lit et regarda autour d'elle.

Un pâle rayon de soleil glissait entre les rideaux.
Clélia vit que l'on avait posé sa malle sur deux
chaises près de la fenêtre et que sa valise était là
aussi.

— Comment vais-je faire pour me passer de
femme de chambre? se dit-elle en se souvenant des
maladresses de Catherine. Bah! ajouta-t-elle, je
m'y habituerai bien vite.

Elle posa ses petits pieds sur la peau d'ours et
alla ouvrir sa malle. Après avoir jeté tout ce qu'elle

contenait sur le plancher, elle trouva enfin une robe
de chambre de velours bleu garnie d'hermine et
s'en revêtit; puis elle releva un peu ses cheveux,
jeta sur sa tête un fichu en point d'Angleterre et
descendit.

Toute la famille était réunie dans la salle commune et attendait le réveil de la barynia. Lorsqu'elle parut au bas de l'escalier, des cris de joie
éclatèrent et Catherine vint baiser la robe de la
jeune fille.

— Je me lève bien tard, n'est-ce pas, Katia, et
vous m'attendiez pour le dîner?

— Oh! il n'est que midi, s'écria la paysanne en
levant les yeux sur l'horloge.

Il y avait là deux personnes que Clélia n'avait
pas vues la veille.

— Daignez souffrir que je vous présente ma fille
et mon gendre, dit Ivan. Elle se nomme Macha et
lui Fedor Alexandrovitch. Croiriez-vous qu'ils
n'ont rien entendu cette nuit? Ils se levaient ce matin comme André revenait avec ses chevaux. Il leur
a tout conté.

Macha et Fedor contemplaient avec une muette
stupéfaction la nouvelle venue qui leur semblait
une reine ou une sainte.

— A table! à table! s'écria Catherine, la

demoiselle doit avoir faim. Pourvu que notre pauvre cuisine ne lui déplaise pas trop !

— Je suis sûre qu'elle est excellente, ta cuisine, Katia, à en juger par le parfum qu'elle répand.

— J'ai fait de mon mieux, dit la paysanne.

On avait couvert la table d'une belle nappe bien blanche, bordée d'une bande de serge rouge et d'une guipure grossière, la plus belle vaisselle avait été tirée des armoires et un couvert en argent niellé brillait à la place de Clélia.

La jeune fille s'assit à table, et tandis que Catherine allait chercher le *chitchi* (1), elle considéra ses hôtes l'un après l'autre.

Ivan avait une figure régulière un peu colorée ; sa barbe large et sa chevelure séparée par une raie médiane, selon la mode des moujiks, étaient blondes et mêlées de poils blancs ; ses traits exprimaient la résignation et une sorte de dignité douce.

Macha ressemblait à son père. C'était une belle fille grande et solide, aux cheveux abondants, aux lèvres rouges, aux yeux clairs, francs et gais, laissant lire jusqu'au fond de son esprit simple et de son bon cœur. Un enfant de cinq ou six ans la te-

(1) Soupe faite de légumes et de viandes.

nait par sa jupe et se mettant les doigts dans sa
bouche il regardait la dame d'un air ahuri.

L'époux de Macha avait un visage honnête mais
assez vulgaire, sa barbe lui montait jusqu'au milieu des joues et ses cheveux, d'un châtain clair,
descendaient sur son front bas, presque jusqu'aux
sourcils. Clélia considéra plus longuement André
qui, assis à l'extrémité du banc, tailladait machinalement un morceau de bois. Il était plus jeune de
quelques années que Macha, c'était à peine si un
duvet léger ombrageait sa bouche sérieuse. Grand
et large d'épaules, il semblait d'une force peu commune. Ses cheveux, d'un blond foncé, pleins de
reflets fauves, étaient très-bien plantés sur son
front large, plus blanc que le reste du visage ; son
nez était droit, un peu court, sa bouche admirable-
ment dessinée, son menton d'un contour pur et
solide. Il tenait les yeux baissés. Clélia lui parla
pour les lui faire lever. Elle avait déjà remarqué
leur éclat singulier. Ils étaient d'un bleu étrange,
très-clair, transparent, rappelant un reflet de ciel
sur les glaces polaires. Audacieux et sauvage, son
regard semblait jaillir comme une lueur d'acier. Ce
jeune homme réalisait le type le plus parfait de la
beauté du Nord ; il faisait songer aux races anciennes, aux héros fabuleux de l'Edda, aux fils
d'Odin, vainqueurs des dragons et des gnomes.

— Quel dommage, un moujik! se dit encore Clélia avec un léger haussement d'épaules.

Tout en faisant honneur au repas, qui peut-être à cause de la nouveauté lui sembla délicieux, elle fit causer un peu ses hôtes.

— Votre maître, quel homme est-ce? demanda-t-elle; est-il jeune?

— Le barine? il n'a pas trente ans, dit Ivan, c'est un jeune homme très-dissipé, égoïste cependant et plein de méchants caprices.

— Tu n'as pas l'air de l'aimer beaucoup.

— C'est le barine, dit Ivan.

— Comment l'appelle-t-on? habite-t-il loin d'ici?

— C'est Alexis Alexandrovitch Penoutchkine; sa maison seigneuriale est à vingt verstes d'ici, mais il y est rarement, il habite Piter (1), et ne revient chez lui que lorsqu'il n'a plus un rouble en poche.

— Est-il riche?

Il possède ce village qui est d'un millier d'âmes et les champs d'ici jusqu'à chez lui, mais il gaspille tout et je suis certes plus riche que lui.

— Tu es riche, toi?

— J'ai de l'argent.

_____

(1) Saint-Pétersbourg.

— Alors tu as acheté cette maison ?

— Pas si bête, pour qu'un beau matin le barine vende ma maison à un autre et me fasse mettre dehors ; c'est le seigneur, il le pourrait. Je lui paye une redevance et j'exploite la ferme à mon compte.

— Pourquoi ne pas te racheter ?

— Ah ! pourquoi ? le barine n'a jamais voulu y consentir, je lui ai offert d'argent plus que je ne vaux. Celui-là est libre, ajouta-t-il en frappant sur l'épaule d'André, il était encore tout enfant lorsqu'un jour le barine vint ici de fort méchante humeur ; je devinai qu'il avait besoin d'argent, mais je n'eus l'air de rien ; tout en le servant je lui racontai que mon fils était malade et que je craignais de le perdre.

— Va-t-en au diable, me dit-il, je me moque pas mal de ton fils !

— Qu'a donc le barine ? dis-je. Pourquoi daigne-t-il se mettre en colère ?

— J'ai perdu cinq cents roubles au jeu et ma bourse est vide. Qu'est-ce que ça te fait ?

— Cinq cents roubles ! m'écriai-je ; mais il faut tout une vie pour amasser cela ! Moi, qui suis déjà vieux, je n'ai pas pu en réunir davantage. Cependant, si mon fils n'était pas si près de la mort, je les donnerais volontiers pour le racheter.

— Eh ! il ne mourra pas ton fils ! s'écria le barine,
va vite chercher l'argent.

Au fond, il croyait qu'Androwcha ne vivrait pas ;
mais lorsqu'il voit aujourd'hui quel gaillard ça fait,
il grommelle et soupire ; mais ce qui est fait est
fait.

— Et que fais-tu de ta liberté, André ? dit
Clélia.

— Je chasse, dit le jeune homme.

— Il ne dit pas tout, reprit Ivan ; il a été dans les
écoles, il sait lire, écrire, il est savant.

— Vraiment, dit Clélia, tu es un savant ?

— C'est mon père qui le dit, répondit André. J'en
sais assez, pour voir que je ne sais rien.

— Comment ! comment ! s'écria Catherine, ne
l'écoutez pas.

— Que comptes-tu faire ?

— Je ne sais, ma joie est de courir au grand air
à la poursuite d'une proie ; la chasse me donne
largement de quoi vivre, je ne demande rien de
plus.

— Quelles bêtes chasses-tu ?

— Le loup, l'hyène, l'ours aussi.

Le jeune homme sortit un instant et revint avec
une pelisse doublée d'ours noir.

— Tenez ! dit-il, voici le dernier que j'ai tué.

— Sais-tu que cette fourrure est magnifique. Un

seigneur serait heureux de l'avoir ; tu n'as donc pas trouvé à la vendre ?

— Oh ! si, bien souvent, mais je n'ai pas voulu m'en séparer, la bête m'avait donné trop de mal.

— Il a failli être tué, dit Ivan.

— Comment cela est-il arrivé ? demanda Clélia curieusement.

— C'est très-simple, dit André, ma carabine ayant raté, je fus obligé d'attaquer l'ours avec mon couteau de chasse, l'animal s'est défendu vigoureusement, c'était son droit. Voilà tout.

— Grand Dieu ! dit Clélia, si je voyais un ours, je mourrais de peur.

— Ils ne viennent pas jusqu'ici, soyez tranquille, dit André en souriant.

Le chien aboya, quelqu'un entrait dans la cour.

— Seigneur ! si c'était Prascovia ! s'écria la jeune fille en pâlissant.

— Ne craignez rien, dit André, c'est quelque voisin ; mais ne vous laissez pas voir dans cette toilette.

Il sortit pour retenir un instant le visiteur et donner le temps à Clélia de gagner sa chambre. Elle grimpa l'escalier en courant, puis elle s'arrêta pour prêter l'oreille, craignant de reconnaître la voix de son tuteur ou de Prascovia, mais elle entendit de bonnes voix rustiques qui souhaitaient le bonjour bruyamment.

Catherine rejoignit bientôt la jeune comtesse.

— C'est une *baba* (1), dit-elle, avec sa bru et son fils ; ils viennent pour savoir ce qui s'est passé cette nuit ; ils ont entendu les chiens crier et notre porte cochère s'ouvrir. On est en train de leur raconter que vous êtes une nièce à nous au service d'une grande dame qui vous envoie ici pendant le temps que durera un voyage qu'elle fait à l'étranger. Il faut pourtant que tu daignes changer d'habits, et encore tu n'auras jamais l'air d'une paysanne.

— Bah! bah! Katia, les moujiks n'ont pas l'esprit si délié, et sous ces habits communs ils ne verront pas autre chose qu'une fille du peuple.

— Il ne faut pas s'y fier, ils sont très-fins lorsqu'il s'agit de deviner ce qui ne les regarde pas.

— Tu diras que j'imite les manières de ma maîtresse. Mais voyons, quels habits vais-je mettre ?

— Macha te prêtera ses vêtements de fête ; ils seront trop grands pour toi, mais nous leur ferons des plis en attendant, et puis, pour dimanche, on t'aura un beau costume à ta taille.

---

(1) Femme, commère.

Macha accourut avec un paquet, et elles entrèrent dans la chambre.

— Hélas ! s'écria Catherine, tu as bien voulu jeter toutes tes robes à terre. Ah ! que c'est beau tout cela, on voit bien que ce sont des vêtements de grande dame.

Elle se mit à ranger la malle, poussant des cris d'admiration à chaque moment. Macha défit le paquet et la toilette de Clélia commença ; elle dura longtemps, car lorsque la jeune fille redescendit, transformée en paysanne, dans la salle commune, il faisait nuit. Le costume lui allait fort bien, il lui semblait être déguisée pour jouer la comédie dans une réunion d'amis.

Ivan était seul avec son petit-fils Fédia, qu'il faisait sauter sur ses genoux. On apporta de la lumière. Catherine et Macha s'installèrent et se mirent à coudre. Mais à chaque instant l'une d'elles se levait et allait surveiller le souper.

— Où donc est André, dit Clélia, est-ce qu'il chasse ?

Ivan sourit finement.

— Je ne crois pas, dit-il ; il doit être chez le vieux Antonovitch, un fermier du pays. Il a une jolie fille qui pourrait bien plaire à notre André.

— Akoulina, dit Macha en souriant aussi.

— Ah ! dit Clélia avec une sorte de dépit, est-ce qu'ils sont fiancés ?

— Ils n'en sont pas encore là ! s'écria Catherine en courant vers les fourneaux.

Dans le salon de son tuteur, le plus grand plaisir de Clélia était d'attirer à elle les adorateurs de Prascovia. Cela lui était facile : avec un regard et un sourire elle faisait déserter l'angle du salon où se tenait sa rivale et réunissait autour d'elle tous les préférés de Prascovia. Rien ne lui était plus doux que la colère impuissante de celle qu'elle détestait. Quelquefois même elle avait agi avec beaucoup de légèreté, et sans aucune pitié avait tourné la tête à plus d'un amoureux sincère auquel elle ne faisait plus la moindre attention quand son caprice était passé. Elle eut un instant l'idée de traiter Akoulina comme elle traitait Prascovia, mais cette pensée lui fit hausser les épaules.

Cependant, lorsque André revint, elle ne put s'empêcher de lui dire avec un sourire malicieux :

— Eh bien ! as-tu vu un loup aujourd'hui ?

— Je ne suis pas sorti du village, répondit André.

— Tu as été voir Akoulina ?

André regarda la jeune fille avec surprise.

— Je l'ai vue, dit-il.

— C'est une belle fille, hein ? Tu me la feras

connaître. A propos, continua-t-elle, en sautant
sans aucun à-propos d'une idée à une autre, j'ai
un projet. Je vais écrire à mon tuteur.

— Mais, dit Catherine en posant son ouvrage,
le timbre de la poste lui fera savoir où vous
êtes.

— Non, non, tu vas voir : J'ai valsé l'hiver dernier avec un jeune seigneur attaché à notre ambas-
sade à Paris, je lui enverrai ma lettre en le priant
de la mettre à la poste ; de cette façon, on me croira
à Paris.

— En voilà une bonne idée ! s'écria Macha.

— Va vite chercher ma valise.

Macha sortit et revint bientôt.

La valise qu'elle posa sur la table était un de
ces chefs-d'œuvre compliqués de nos fabricants
modernes. Elle était en maroquin rouge avec des
coins de cuivre doré et un chiffre en lettres rus-
ses relevées en bosse au milieu ; l'intérieur, tapissé
de moire bleue de ciel, se divisait en toutes sortes
de compartiments. L'un contenait des albums, un
chevalet en miniature et tout ce qu'il faut pour des-
siner et peindre ; l'autre un nécessaire de toilette,
l'autre un bureau complet.

Le petit Fédia s'était approché et considérait
avec admiration toutes les belles choses que Clélia
tirait de sa valise. Sa jolie tête aux joues roses,

aux cheveux couleur de chanvre, arrivait juste à la hauteur de la table. Il tenait un de ses doigts dans sa bouche, selon son habitude. Tout à coup, il retira ce doigt et le posa résolûment sur la petite couronne de comtesse qui ornait la feuille blanche sur laquelle Clélia se préparait à écrire.

— C'est une bête, ça ? dit-il en levant ses grands yeux bleus sur la jeune fille.

Macha fit la grosse voix et fronça les sourcils. Clélia abandonna en riant la feuille tachée à l'enfant, en prit une autre et se mit à écrire avec rapidité.

Son écriture était si fine, si peu accentuée, qu'André, de sa place, ne voyait sur le papier que des lignes presque droites et croyait que la jeune fille s'amusait à rayer le papier. Lorsque la double lettre fut terminée, elle la cacheta et mit l'adresse.

— Voilà ! dit-elle ; Androwcha, tu la mettras à la poste.

André prit la lettre et regarda un instant l'adresse.

— Barynia, dit-il après un moment d'hésitation, cette écriture est bien trop mignonne pour que nos employés de village puissent la déchiffrer, pour moi je lis ou plutôt je devine : *Monsieur*, mais je ne puis aller plus loin. De plus on verra tout de suite que ce n'est pas un moujik qui a tracé ces lettres

plus fines que les cheveux de la Vierge. Cela don-
nerait à penser. Dans un petit endroit tout est
remarqué.

— Comment, mon écriture n'est pas lisible!
s'écria Clélia, mais tout le monde la comprend.

— Nous sommes des paysans, dit André.

— C'est juste. Eh bien, écris toi-même l'adresse,
dit-elle en faisant glisser une autre enveloppe jusqu'à André : « Monsieur le vicomte de P..., à l'am-
bassade de Russie, Paris. »

L'écriture d'André était franche, large, un peu
lourde, mais parfaitement lisible.

— Le courrier est parti, dit-il; j'expédierai la
lettre demain matin.

Le mari de Macha rentra sans bruit; il ôta son
bonnet de peau de mouton, et salua en se signant
les saintes images dont le fond d'or brillait sur la
muraille. Puis il vint s'asseoir au bout du banc.

— Comme la journée a passé vite! dit Clélia en
écoutant sonner sept heures à l'horloge. Je n'ai pas
même eu le temps de visiter la ferme ni le village.

— Vous les verrez toujours assez tôt, ce n'est
pas si beau, allez, dit le vieil Ivan ; Dieu veuille que
vous ne vous ennuyez pas chez nous.

— Que faites-vous d'ordinaire ici ?

— Ah! l'hiver, pas grand'chose. Que pourrait-
on faire lorsque la neige couvre tout! Les vaches

sont, dans les étables bien closes, avec les moutons, les pourceaux, les volailles ; les garçons de ferme suffisent à tout. On va chercher du bois dans les environs, on transporte du fourrage dans quelque village voisin. André chasse.

— Et le soir, on raconte des histoires et des légendes, dit André, pendant qu'au dehors des loups hurlent tristement.

— Ils viennent donc si près d'ici ?

— Quelquefois, la nuit, ils traversent le village, dit André. On voit la trace de leurs pas, le lendemain, sur la neige. On raconte même que, pendant un hiver très-rude, un loup se glissa dans la cuisine d'une chaumière, et alla d'un air timide s'asseoir près du poêle.

— C'était chez Vacia, le charpentier, dit Fédor en soulevant ses sourcils, celui qui habite de l'autre côté de l'étang.

— A la vue de cet hôte inattendu, tout le monde demeura immobile de peur, continua André ; il était là, assis, la queue ramenée sur les pattes, ses poils roux tout hérissés de froid, les yeux flamboyants et ne bougeant pas. Les enfants se rassurèrent les premiers et eurent l'idée de pousser vers lui l'écuelle aux chiens. Le loup se recula d'abord craintivement, puis il revint et nettoya l'écuelle d'une seule lampée. Le lendemain, dès que l'on ouvrit la porte, il s'en alla; mais il revint le soir, et ainsi chaque jour jusqu'au printemps.

— C'était un brave loup, dit Fédor, il n'a jamais fait de mal aux enfants qui jouaient tout près de lui; seulement, il ne se laissait pas toucher. Quand on approchait, il reculait. Il me semble le voir encore avec son museau pointu et ses yeux de braise.

— Ecoutez donc comme les chiens grondent, dit André; les loups entendent sans doute qu'on parle d'eux, ils rôdent sur la lisière du bois.

En disant cela, le jeune homme s'était levé et avait décroché son fusil.

— André! André! n'y va pas, s'écria Clélia, tu me ferais rêver de loups toute la nuit.

— Est-ce que tu vas chasser à une pareille heure? s'écria Catherine toute tremblante; de-viens-tu fou? aller ainsi, quand on n'y voit rien du tout, pour se faire dévorer par ces vilaines bêtes-là!

— Bah! bah! dit André en haussant les épaules.

Mais il n'insista pas et posa son fusil contre la muraille.

III

Clélia eut de la peine à s'endormir cette nuit-là ;
elle éprouvait une sensation étrange dans ce milieu nouveau pour elle. Après l'animation de l'existence mondaine à laquelle elle était accoutumée, il
lui semblait que la vie s'était soudainement figée,
comme l'ondulation de l'eau sous l'étreinte de la
glace. Ce village silencieux et désert, qu'elle n'avait
fait qu'entrevoir sous son manteau de neige, lui
paraissait fantastique ; elle se croyait arrivée aux
confins des régions polaires, et n'eût pas été étonnée de voir au bout de la plaine des banquises
et des ours blancs. Involontairement, elle prêtait
l'oreille pour écouter si les loups ne hurlaient pas.
Elle n'était pas loin d'avoir peur et de regretter
le château de Wologda, entouré de bonnes mu-

railles, derrière lesquelles on était à l'abri de tout danger. Cependant le souvenir de ce beau jeune homme aux yeux fiers, prêt à la défendre contre une bande de carnassiers, la rassura un peu, et elle s'endormit.

Le lendemain elle demanda à visiter le village. André fit atteler un léger traîneau.

— Vous plaît-il que je vous conduise ? demanda-t-il à la jeune comtesse.

— Certes, dit-elle en s'installant dans l'étroit véhicule.

André lui jeta sur les jambes sa pelisse doublée d'ours noir, puis s'assit à côté d'elle, tandis que le garçon de ferme ouvrait la porte cochère à deux battants.

Le traîneau partit au grand galop.

Le ciel était d'un bleu léger semé de quelques nuages d'or, la neige étincelait au soleil, il faisait froid, mais il n'y avait pas un souffle de vent. Le traîneau enfila la principale rue du village. Elle était bordée d'*isbas* (1) pour la plupart assez misérables, mais que la neige lumineuse ou frappée d'ombres bleues et froides rendait charmantes. Quelques visages de femmes apparaissaient derrière les

---

(1) Cabanes de paysans.

doubles carreaux des fenêtres, elles regardaient passer le traîneau avec une vive curiosité.

André retint ses chevaux en passant devant l'église, qui dressait ses cinq clochetons surmontés de coupoles bulbeuses et brillantes de givre.

— Qu'elle est petite ! dit Clélia.

Un moujik s'était arrêté au coin de la place.

— Ah ! André Ivanovitch ! s'écria-t-il, c'est là ta cousine ? Est-elle blanche ! est-elle jolie ! On voit bien qu'elle n'est pas d'ici.

— Comme tout se sait vite au village, dit André. Ce vieux-là n'est pourtant pas curieux.

Un instant après ils se croisèrent avec une jeune fille, qui cria :

— Bonjour, Androwcha !

— C'est Akoulina, dit le jeune homme.

Clélia se retourna vivement.

— Tu la trouves jolie ?

— C'est la plus jolie fille du village, dit André.

— Je l'ai mal vue ; n'a-t-elle pas les yeux gris ?

— Non, ils sont noirs comme les vôtres.

— Est-ce qu'elle me ressemble par hasard ?

— Oh ! non, dit André sans regarder Clélia ; vous êtes plus belle.

Un sourire creusa dans la joue de Clélia cette jolie fossette qui lui allait si bien ; et elle regarda

2

André avec une expression qui troubla le jeune homme.

— Elle se moque de moi, se dit-il.

Ils avaient dépassé les dernières maisons du village.

— Vous plaît-il de rentrer ? dit André. Vous avez vu tout ce qu'il y a à voir.

— Oh! non, courons encore un peu, allons droit devant nous, dit Clélia.

André frappa ses chevaux avec les rênes repliées ; ils secouèrent leurs grelots et partirent ventre à terre. Le traîneau glissa dans la plaine, franchit une rivière, marquée seulement par une ondulation de la neige, traversa un étang gelé, puis entra bientôt dans la forêt de pins.

Rien n'était plus magnifique que cette forêt blanche éclairée obliquement par le soleil qui se couchait pareil à une braise. Des rayons couleur de sang et d'or jaillissaient entre les rangées d'arbres et faisaient de longues traînées sur la neige. Les lourdes branches des pins formaient d'admirables perspectives d'arceaux déchiquetés, de guirlandes d'argent en fusion, frappées de reflets d'un azur intense, et dans les facettes du givre le soleil faisait petiller des milliers d'étincelles.

— Que c'est beau! s'écria Clélia, et que c'est bon de courir ainsi comme des fous sur cette neige intacte! Encore! encore! plus loin, plus vite!

— Vous n'avez donc plus peur des loups? dit André en souriant. Ne voyez-vous pas que le soir vient?

— Mon Dieu! les loups! dit-elle, en se serrant contre son compagnon. Je n'y songeais plus. Je t'en supplie, André, rentrons, cette forêt m'épouvante à présent.

— Ne craignez rien, je parlais pour plaisanter; cependant, il ne serait pas prudent de s'avancer plus avant dans le bois.

André fit tourner ses chevaux et regagna la ferme. En descendant du traîneau, il soutint Clélia par le coude et elle le remercia par un charmant sourire.

— Vraiment, se dit-elle le soir en posant sa joue sur son oreiller, cela m'amuse de faire tourner la tête à ce paysan.

IV

Dans le village on ne parlait que de la nièce d'Ivan Ivanovitch et de son arrivée soudaine. Les commentaires, les conjectures se succédaient à l'infini. Chacun se posait mille questions pour lesquelles on n'avait aucune réponse. Pourquoi Ivan n'avait-il jamais parlé de cette nièce? Pourquoi était-elle arrivée la nuit et sans être attendue? Pourquoi était-elle si blanche?... A toutes ces questions, on s'entre-répondait invariablement: Oui, pourquoi?

Le dimanche était impatiemment attendu. On la verrait au moins à la sortie de l'église, cette mystérieuse personne; on pourrait lui parler et apprendre quelque chose.

Le dimanche vint et la petite église aux cinq clochetons couverts de givre s'emplit de tous les habitants du village. Il ne resta dans les isbas que les malades et les infirmes.

La famille d'Ivan Ivanovitch arriva la dernière ; la faute en était à Clélia qui avait consacré de longues heures à sa toilette, d'ailleurs charmante. La jeune comtesse avait adopté le costume national porté encore les jours de fêtes dans les campagnes et, tout surchargé de pierreries et d'or, aux bals de gala à la cour. C'était une tunique à taille très-courte, en damas bleu de ciel ouaté et piqué, bordée d'un large galon d'or et retombant sur une jupe de drap fin. Au-dessus du front s'arrondissait le *povoïnik*, cette coiffure qui a la forme d'un large diadème. Il était en velours bleu clair brodé de palmettes d'or. Les cheveux d'un blond si doux de Clélia, réunis en une seule tresse, lui tombaient jusqu'aux jarrets.

Elle ne parut nullement embarrassée de voir tous les regards tournés vers elle. Elle s'avança tranquillement avec un demi-sourire un peu méprisant. Il était trop facile de triompher au milieu de ces femmes empaquetées dans une sorte de redingote informe, la tête couverte d'un simple mouchoir noué sous le menton.

Akoulina seule portait, comme Clélia, le costume national.

La paysanne était peut-être plus régulièrement belle que la jeune comtesse, mais il lui manquait cette grâce des gestes, cette finesse de la peau, cette expression séduisante et fine du regard. Akoulina se sentait vaincue, sans doute, par la nouvelle venue, car elle avait pâli à son entrée et la dévisageait avec une attention jalouse. Clélia, pendant ce temps, regardait en souriant la mesquine décoration de l'église, les saints bruns, grossièrement peints sur fond d'or, la grille, dédorée et rouillée par places, de l'Iconostase.

Ivan et Catherine paraissaient tous fiers et heureux ; André Ivanovitch, au contraire, avait une expression de visage soucieuse et triste : les regards fixés à terre, il semblait réfléchir profondément et oubliait de prier. Il ne tourna pas une seule fois la tête du côté d'Akoulina.

A la sortie de l'église, la foule chuchotante et bourdonnante stationna sur la place, piétinant la neige, mais Clélia se déroba à la curiosité en montant avec Catherine, Macha et le petit Fedia dans une troïka (1) conduite par André, et qui partit au galop, tandis qu'Ivan et Fedor revenaient à pied tout en causant avec ceux qui s'empressaient autour d'eux.

La déception fut grande ; il y eut presque une petite émeute.

---

(1) Traîneau à quatre places.

— C'est donc une dame, qu'elle ne peut faire dix pas à pied ? s'écria Akoulina qui, avec son instinct féminin, soupçonnait quelque mystère.

Cependant, on ne se tint pas pour battu. C'était dimanche; on avait le temps de flâner. Les plus curieux allèrent à la ferme et manifestèrent franchement leur désir de faire un peu connaissance avec la nièce d'Ivan Ivanovitch.

Clélia fut charmante avec les visiteurs. Ivan leur offrit du cognac qu'elle leur servit elle-même. Elle leur disait de l'air le plus sérieux du monde qu'elle était bien heureuse d'être parmi eux, et que son plus grand désir était de rester toujours au village.

L'inquiétude et la sourde colère qui agitaient André devant les familiarités, très-naturelles entre égaux, que prenaient avec elle les moujiks, la divertissaient beaucoup.

Un jeune gars, tout ébahi de sa beauté, se mit à lui faire gauchement la cour, avec des mines et des tours de phrases si bizarres que Clélia rit aux larmes, ce qui flatta énormement le jeune paysan, qui s'en alla très-épris et plein d'espoir.

Ce fut au point que le lendemain, il envoya son père demander à Ivan la main de sa nièce.

Lorsque André vit arriver le vieux Piotr, père du prétendant, qui rarement quittait la petite auberge qu'il dirigeait, il devina le but de sa visite.

Tandis qu'Ivan faisait asseoir son hôte près du poêle et lui versait un verre de thé, André gagna la chambre de Clélia et heurta à la porte.

— Qui est là ? dit la jeune fille.

— C'est moi, dit André. Me permettez-vous de vous dire un mot ?

— Entre, entre.

Le jeune homme ouvrit la porte, mais resta sur le seuil.

— Eh bien ! dit Clélia, viens donc. Qu'est-ce qu'il y a ?

— Barinya, dit André, vous avez dû déjà vous apercevoir que votre rôle de paysanne vous expose à entendre des propos peu faits pour vos oreilles. Hier, un paysan a osé vous parler d'amour.

— Ah ! le moujik à la barbe jaune ! s'écria Clélia en éclatant de rire au souvenir de son nouvel amoureux.

— Vous vous êtes moquée de lui, bien qu'il fût dans son droit en courtisant une paysanne, mais les moujiks ont l'esprit borné et celui-là n'a pas cru vous déplaire.

— Vraiment.

— Son père est en bas qui demande votre main à mon père.

— Est-ce possible ? s'écria la jeune fille en se remettant à rire.

— Vous ne rirez peut-être plus si ce fait se renouvelle souvent, dit André, et c'est ce qui arrivera. Ces braves gens vous offenseront sans le vouloir en vous poursuivant de leurs protestations sincères mais un peu rudes et campagnardes, ils vous ennuieront et vous irriteront.

— Tu as raison, Androwcha, mais comment empêcher que ces gars aient envie de m'épouser?

— Il y a un moyen...

— Lequel? dis donc.

André hésita un instant.

— C'est de me permettre de dire que vous êtes ma fiancée, reprit-il enfin d'une voix un peu tremblante.

— C'est cela! c'est parfait! tu seras mon bouclier, s'écria Clélia; viens, descendons sans bruit; je suis très-curieuse; allons écouter ce qu'ils disent.

Ils arrivèrent en bas sans être entendus et entrebâillèrent la porte.

— Comme cela il s'est décidé en un instant, votre fils? disait Ivan en se balançant sur sa chaise.

— Tout à coup, reprit Piotr; je lui ai fait observer que c'était peut-être un peu trop prompt, qu'il fallait réfléchir; mais il m'a objecté qu'un autre pourrait le devancer et qu'il n'y avait pas de temps à perdre. Eh bien! qu'en dites-vous?

— Je dis... je dis que c'est impossible.

2·

— Comment! impossible! et pourquoi cela?
Est-ce que vous nous méprisez ? s'écria Piotr en
se levant.

— Te mépriser! Qu'est-ce que tu chantes ? Tu
perds la tête, balbutia Ivan qui ne savait trop que
dire.

En voyant l'embarras de son père, André entra.

— Je ne vous dérange pas, j'espère ? dit-il.

— Non, non, dit Ivan, pas du tout ; voilà Piotr
qui me demandait la main de ta cousine.

— Eh bien ! tu lui as dit qu'elle était ma fiancée,
et que nul n'a le droit de lever les yeux sur elle ?

— J'allais le lui dire lorsque tu as ouvert la
porte, s'écria Ivan tout heureux d'être tiré d'embarras.

Catherine et Macha, qui tenait son fils dans ses
bras, entrèrent dans la salle. Clélia les suivait.

— Ça va bien, Piotr ? dit Catherine en frappant
sur l'épaule du vieillard.

— Bien! bien ! merci. Ainsi, vous êtes fiancés ?
dit-il en regardant les jeunes gens.

— Mais oui, dit Clélia qui baissa les yeux.

— Eh bien, et Akoulina ?

— Akoulina, s'écria Clélia en bondissant vers
André, qu'est-ce que cela veut dire ? est-ce
que pendant mon absence tu as aimé une autre
femme ?

— Rassure-toi, dit André; j'avais de l'amitié pour cette jeune fille, mais je ne lui ai jamais parlé d'amour.

— Allons, dit Piotr, je vois que je n'ai plus rien à dire. Je vais tâcher de consoler mon fils.

Lorsque le vieillard fut parti, Clélia s'assit sur le banc auprès d'André rêveur.

— J'ai un regret, à présent, dit-elle; j'ai peur d'avoir compromis ton avenir.

— Comment cela ? dit André.

— Mais cette jeune fille dont nous parlions ne te pardonnera pas de l'avoir délaissée ainsi pour une autre. Elle se mariera peut-être avant qu'on ait pu lui faire connaître la vérité, et, si tu l'aimes, tu seras malheureux.

— Ne vous inquiétez pas de cela, dit le jeune homme avec une sorte d'accablement; si j'ai aimé Akoulina, je ne m'en souviens plus.

V

Quelques jours plus tard Pavel Petrovitch vint
à la ferme, il avait pu quitter le château sans
éveiller de soupçons et apportait des nouvelles.

Lorsqu'elle le vit, Clélia lui sauta au cou.

— Bonjour, père ! s'écria-t-elle, quelle bonne
idée tu as eue de m'amener ici !

— Vous êtes contente, barynia, dit Pavel, tant
mieux ; au château c'est autre chose.

— Ah ! Prascovia est bien furieuse ?

— Madame Prascovia est plutôt satisfaite de
votre départ, elle donne des bals et des fêtes dans
lesquels elle peut briller tout à son aise. C'est
votre tuteur qui n'en revient pas ; le premier jour
il est entré dans une telle colère que l'on a craint un
coup de sang ; il a fini par se calmer un peu et, à ma

grande surprise, n'a ordonné aucune recherche; il a dit partout que vous étiez malade, puis une lettre est arrivée de Paris, je ne sais ce qu'elle contenait, mais le seigneur a eu un nouvel accès de rage. Quelques jours après il a annoncé votre départ pour Nice où le médecin vous conseillait d'aller passer l'hiver.

— Alors il prend son parti de ma fuite ?

— Nullement, il veut la tenir secrète ; il compte aller à Paris et vous ramener.

— Qu'il y aille. J'y consens, dit Clélia qui se prit à rire.

— Il paraît que vous avez renversé un de ses plus chers projets en refusant le mari de son choix, dit Pavel.

— Il voulait relever sa fortune aux dépens de la mienne, en me faisant épouser son associé ; et j'ai été fort sage en me dérobant brusquement à leurs combinaisons. Mais ne parlons pas davantage de ces vilaines choses-là. Vois comme je suis bien, transformée en paysanne.

— Vous êtes jolie comme un ange dans ce costume, comme sous vos atours de grande dame, dit Pavel.

— Vraiment, dit Clélia, c'est donc pour cela que j'ai tourné la tête à plusieurs moujiks. Pour me débarrasser d'eux, je me suis fiancée à André Ivanovitch.

— Un brave et beau fiancé que vous avez là, dit Pavel, où donc est-il ?

— Je ne sais, dit Clélia, je ne l'ai pas vu aujourd'hui.

— Il est allé à la ville je ne sais trop pour quoi faire, dit Ivan, qui jetait d'énormes bûches dans le poêle.

Pavel passa quelques heures encore à la ferme, puis il s'en retourna.

André rentra peu après.

Il trouva Clélia seule dans la salle commune ; elle tenait un ouvrage à la main, mais ne travaillait pas. Assise près de la fenêtre, elle regardait dans la cour à travers les doubles vitres.

— D'où donc viens-tu, André ? dit-elle en se retournant vers le jeune homme ; je m'ennuie quand tu n'es pas là. Le devoir d'un fiancé n'est-il pas de rester auprès de son amie ?

— Je crains de vous obséder, barynia. Je ne suis qu'un fiancé pour rire et je ne dois jouer mon rôle que devant les étrangers, sinon je vous deviendrai aussi insupportable que ceux dont j'ai voulu vous délivrer.

— Ne crois pas cela, tu es le seul avec qui je puis un peu causer ici. En ton absence, je m'ennuie vraiment. Voyons, pourquoi es-tu resté aussi longtemps dehors?

— Si je vous le dis vous vous moquerez de moi.

— Qui sait?

— Je suis allé à la ville...

— Eh bien?

— Voici, barynia : vous avez été obligée d'ôter de vos doigts vos belles bagues pleines de diamants, qui ne convenaient pas à une paysanne ; mais une fiancée doit porter un anneau. J'ai été vous en chercher un.

— Ah ! c'est pour cela que tu es allé à la ville, dit Clélia en penchant la tête d'un air rêveur.

— Est-ce que cela vous fâche ?

— Voyons cet anneau.

André lui montra un petit anneau d'or finement ciselé.

Tous deux dans l'embrasure de la croisée inclinaient la tête et fixaient leurs regards sur le frêle bijou, symbole de tendresse éternelle. Ils demeurèrent un instant silencieux.

— Le voulez-vous ? dit enfin André d'une voix qui, malgré lui, tremblait.

— Mets-le toi-même à mon doigt, dit Clélia en lui tendant sa main blanche et fine.

Le jeune homme eut un tressaillement. Il leva

son regard clair sur Clélia et lui passa lentement
l'anneau en effleurant à peine son doigt.

Clélia fut vaguement effrayée en recevant ce gage
d'amour. Elle sentait bien qu'en dépit de lui-même
peut-être le jeune homme venait de lui donner
toute son âme, et qu'il serait victime du jeu cruel
auquel elle se plaisait. Un instant elle avait éprouvé,
elle aussi, une émotion singulière, toute nouvelle
et qui la plongea dans une rêverie profonde.

Elle s'éloigna bientôt sans dire un seul mot et
se sauva dans sa chambre.

VI

Un matin il se fit un bruit inaccoutumé à la porte de la ferme. C'était des aboiements de chiens, des tintements de grelots, des voix criant d'ouvrir.

Clélia qui venait de se lever courut à la fenêtre de sa chambre et regarda à travers les vitres.

On ouvrait à deux battants la porte cochère, et elle vit un jeune homme en costume de chasse descendre d'un élégant traîneau, puis empoigner par la peau du cou un magnifique chien de chasse qu'il mit à terre. Un autre chien s'élança d'entre les jambes du cocher et se mit à gambader sur la neige en aboyant gaiement, tandis que son compagnon secouait ses oreilles.

— Allons ! paix, Endymion ! cria le jeune homme. A bas, Phœbé ! tenez-vous tranquilles.

Ivan accourut, l'échine courbée, et baisa la manche du seigneur. Au même moment Catherine entra comme un coup de vent dans la chambre de Clélia.

— Le barine ! cria-t-elle, le barine qui arrive sans avoir prévenu !

— Eh bien, qu'est-ce que cela fait ? dit Clélia.

— Quand il vient ce n'est jamais rien de bon, dit Catherine, et puis qu'allons-nous lui dire ? tu lui fais l'honneur d'habiter sa chambre.

— Ne t'effraie pas pour si peu de chose, on transportera mes bagages dans une autre pièce et il ne saura rien.

— Il faut que j'aille le saluer, dit Catherine.

Et elle sortit comme elle était entrée.

Clélia termina sa toilette et, poussée par la curiosité, descendit aussi.

On avait ouvert la porte de cette salle où l'on n'entrait jamais, et qu'elle avait traversée la nuit de son arrivée. Le nouveau venu était assis sur le divan de maroquin vert, il caressait la tête de Phœbé posée sur ses genoux, tout en parlant à Ivan qui se tenait debout devant lui.

Clélia le considéra de loin par la baie de la porte. Il paraissait trente ans environ. Grand, mince, un peu maigre même, le sang à fleur de peau, ce qui rendait son visage plus foncé de ton que ses cheveux un peu clair-semés sur le sommet du crâne et que sa moustache couleur de paille. Ses yeux étaient d'un bleu mat et ses arcades sourcilières proéminentes, dénuées de sourcils.

— Je sais que ton fils n'a pas son pareil à la chasse et que nul mieux que lui ne sait trouver la trace d'un loup, disait-il à Ivan sans le regarder, c'est pourquoi j'ai devancé mes amis, qui viendront me prendre dans quelques heures, pour lui dire d'aller faire une battue dans la forêt et de diriger notre chasse.

— Le malheur veut qu'Androwcha ne soit pas à la maison en ce moment; il est allé aux étuves, mais il ne peut tarder à rentrer.

— Ah! c'est ennuyeux, je suis pressé, dit le jeune homme d'une voix brève, en soulevant par une grimace la peau de son front.

— Je vais envoyer Fedor à sa recherche, dit Ivan, qui s'éloigna en trottinant.

Le barine se leva et se mit à se promener dans la salle. Il demanda du feu à Catherine qui apportait le samovar, et alluma un cigare.

Tout à coup il aperçut Clélia.

— Qui est celle-là ? dit-il vivement.

— C'est ma nièce, une bien gentille enfant, allez, dit Catherine; elle est venue nous voir, la chère petite.

— Mais elle est charmante, vraiment! Allons donc, approche!

Clélia s'avança d'un air gauche et timide en roulant entre ses doigts le bord de sa tunique.

— Quels yeux! quels cheveux d'or! s'écria le jeune homme. D'où diable sort-elle? Eh bien, sers-moi le thé.

La jeune fille obéit.

— Comment t'appelles-tu, hein?

— Clélia.

— Sais-tu que tu me plais!

— C'est bien de l'honneur pour moi, murmura-t-elle avec un imperceptible sourire.

— C'est incroyable comme tu es jolie. Si tu veux, je t'emmène avec moi. Qu'en dis-tu?

— Mais, seigneur... balbutia Clélia.

Il lui avait pris les deux mains et la tenait debout devant lui.

— C'est convenu, tu viendras avec moi, reprit-il; mais d'abord, embrasse-moi.

Et il la saisit brusquement dans ses bras.

Clélia poussa un cri et essaya de se dégager.

— Est-ce pour voir cela que l'on m'a envoyé chercher? s'écria tout à coup André qui entra impétueusement dans la salle et repoussa le seigneur.

— Eh! qu'est-ce qui te prend, à toi! dit celui-ci en devenant pourpre; ne sais-tu pas qui je suis!

— S'il touchait à ma fiancée, notre czar lui-même ne serait qu'un homme au bout de mon poing, dit André en dardant sur le barine son regard d'une fierté sauvage.

— Ah! elle est ta fiancée? C'est fâcheux : je vais l'emmener.

— Si vous persistez dans ce projet, — il adviendra de moi ce qu'il plaira à Dieu, — mais vous ne sortirez pas vivant d'ici, dit André en saisissant brusquement un escabeau.

— Ah çà, il veut m'assommer celui-là! s'écria le seigneur qui cette fois-ci pâlit.

— André! André! es-tu fou? hurlait Catherine qui s'était jetée à genoux et faisait des signes de croix précipités.

— Le barine! menacer le barine! murmurait Ivan glacé d'épouvante.

Clélia s'était jetée sur la poitrine d'André, elle lui abaissa le bras doucement.

— Calme-toi, lion farouche, je me charge de tout arranger, dit-elle en lui effleurant presque la joue de ses lèvres.

En sentant cette haleine tiède courir sur son visage, André sembla devenir aussi faible qu'un enfant ; il chancela et alla s'adosser tout pâle contre la muraille.

Clélia se retourna vers le barine :

— Tu es gentilhomme, n'est-ce pas, et capable de tenir un serment? lui dit-elle en français.

— Si je suis gentilhomme, on ne s'en douterait guère à voir de quelle façon on me traite ici, dit le jeune homme encore tout tremblant de rage. Mais on s'en apercevra à la manière dont je me vengerai.

— Tu pardonneras à ce garçon, quand tu connaîtras les motifs qui l'ont fait agir.

— Ah çà! qui es-tu, toi, pour me parler sur ce ton? Est-ce que tu te crois mon égale, parce que tu as appris le français avec quelque femme de chambre de ta maîtresse?

— Je suis ton égale, en effet, dit Clélia, et nous avons dû nous rencontrer souvent dans le monde. Mais, puisque tu ne me reconnais pas, je ne te dirai mon nom que si tu me jures de ne révéler à personne que je suis ici.

— Il me semble en effet connaître votre visage, dit le jeune homme en considérant plus attentivement Clélia. Mais... parfaitement! vous êtes la comtesse Grégorowna. Il est impossible de vous oublier lorsqu'on vous a vue une fois.

— Vraiment? dit Clélia avec un sourire moqueur, eh bien, me jurez-vous de ne jamais dire que je me suis réfugiée dans cette ferme?

— Je le jure sur ma vie. Mais par le ciel, quel malheur vous a frappée ? que faites-vous ici ?

— Je me suis enfuie de chez moi parce que l'on voulait me marier contre mon gré, voilà tout. Je tiens à disposer de moi-même.

— Vous avez mille fois raison et vous pouvez être sûre de ma discrétion, d'ailleurs vous êtes sur mes terres ; vous trahir serait manquer à tous les devoirs de l'hospitalité, mais pourquoi cet insolent moujik vous nomme-t-il sa fiancée ?

— Il a pris ce prétexte pour pouvoir me défendre, dit Clélia. Je vous prie, pardonnez-lui sa vivacité.

— Si ce n'était pas une telle bouche qui demande sa grâce, je le ferais envoyer et pour longtemps en Sibérie, dit le barine en reprenant l'idiome russe, mais vous avez sur moi un pouvoir dont vous ne vous doutez pas : depuis que je vous ai aperçue dans le monde, vous êtes pour moi l'étoile inaccessible qui brille à l'horizon. — Je dis cela tout franchement comme je le pense. — Aussi je consens à tout oublier pour vous prouver que je suis votre esclave.

Un sourire méprisant effleura les lèvres de la jeune fille.

— Tu entends ; André ? je te pardonne, continua Pénoutchkine en frappant sur l'épaule du jeune

homme. Tu as voulu me tuer, je daigne l'oublier au
point que je te demande de nous mettre sur la piste
de quelque loup, moi et les compagnons qui vont
me rejoindre. Ça va-t-il ?

— Oui, dit André qui avait consulté Clélia du
regard, vous me retrouverez sur la lisière du
bois.

Il alla prendre sa carabine et sortit aussitôt.

Catherine se précipita aux pieds du barine et lui
embrassa les genoux.

— Ah ! que tu es bon ! disait-elle, ah ! que tu es
bon !

— Ce n'est pas moi qu'il faut remercier, c'est la
comtesse Clélia Grégorowna, dit Pénoutchkine en
repoussant la paysanne.

Catherine se traîna jusqu'à Clélia, qui la releva
et l'embrassa.

— Essuie tes yeux, voyons ! dit-elle. Tu ressem-
bles à ma chère nourrice, et quand je la voyais
pleurer, je pleurais aussi.

Bientôt les amis de Pénoutchkine arrivèrent, ils
ne descendirent pas de voiture et appelèrent de la
porte.

— Hâte-toi, Alexandrovitch, disaient-ils, la
matinée est déjà avancée, nous serons pris par la
nuit.

— Ne vous montrez pas à eux, dit le jeune seigneur à Clélia, vous êtes bien trop belle pour une paysanne.

— Vous vous y êtes trompé, cependant, dit-elle.

— J'ai été ébloui, aveuglé, mais mon cœur, lui, ne se trompait pas.

Pénoutchkine appela ses chiens, baisa la main de la jeune comtesse, puis sortit en lui jetant un regard humble et languissant.

2··

VII

André revint tard dans la soirée. Clélia avait
voulu qu'on l'attendît pour le souper.

— Le repas est triste lorsqu'il manque un
convive, disait-elle.

Catherine était inquiête et soupirait à chaque
instant, elle ne pouvait croire que le barine eût
sincèrement pardonné à André.

— A la chasse, une balle perdue, c'est si facile,
disait-elle.

Clélia, par moment, partageait ses craintes,
mais André revint tout couvert de neige et un
peu las.

— Que saint Serge et la bonne Sainte-Vierge
soient loués! s'écria Catherine en le voyant.

— Eh bien! chère mère, croyais-tu que le

loup m'avait croqué ? dit le jeune homme en riant.

— Le loup, non pas... grommela Catherine qui n'acheva pas sa pensée et servit le souper.

— Voyons, raconte-nous ta chasse, André, dit Clélia, qui avait ressenti un singulier mouvement de joie en voyant revenir le jeune homme sain et sauf.

Un sourire dédaigneux plissa les lèvres d'André.

— Ils se sont mis à cinq pour tuer une malheureuse louve, dit-il, et encore ils l'ont manquée, et elle s'est retournée contre eux. Le seigneur Pénoutchkine l'a échappé belle.

— Ah ! comment est-ce arrivé ? dis-nous cela, s'écria Macha.

— Voici, répondit André. Ils avaient tiré leurs cinq coups de carabine : trois balles allèrent couper quelques brindilles aux sapins ; deux seulement portèrent. La bête était atteinte à l'épaule et avait une oreille emportée. Les chasseurs étaient si sûrs de l'avoir tuée, qu'ils coururent à elle ; mais la louve se releva furieuse et s'élança sur eux. Tous s'enfuirent, à l'exception de Pénoutchkine, qui fut renversé et se mit à pousser des hurlements affreux. Je n'étais pas loin ; j'accours. Les cris du seigneur dominaient les aboiements des chiens, qui, mieux avisés que les hommes, se tenaient à

distance. Le barine est, en effet, dans une position
fâcheuse, me dis-je, éprouvant malgré moi une
invincible envie de rire. Je ne pouvais tirer de peur
d'atteindre l'homme, mais les loups et moi nous
sommes de vieilles connaissances, je bondis sur la
bête et je lui enfonce dans le crâne mon couteau
de chasse avec tant de force qu'il s'est cassé dans
la blessure, mais l'animal est mort sur le coup.

— Quelle audace ! Sais-tu que tu es admirable ! s'écria Clélia. Ainsi tu lui as sauvé la vie à
ce Pénoutchkine, tu es dégagé envers lui maintenant.

— Il ne m'a même pas remercié et il me déteste
plus que jamais ; cela m'importe peu. C'est autre.
chose qui m'inquiète ; vous lui avez avoué ce matin
qui vous étiez. Etes-vous sûre qu'il gardera le
secret ?

— Androwcha, tu oublies ceci : je suis une
riche héritière qui n'a pas encore fait choix d'un
mari, dit Clélia avec un sourire amer.

André leva sur elle son beau regard lumineux.

— Tu ne comprends pas, continua-t-elle ; c'est
juste, ton cœur est simple et honnête. Eh bien,
Pénoutchkine, qui a gaspillé sa fortune, ne serait
pas fâché d'épouser la mienne ; il sera discret.

— Moi, qui ai plus vécu qu'André, j'ai deviné la
pensée du barine quand il a pardonné si vite, dit

Ivan ; certainement, il songe à épouser la demoiselle.

— C'est un seigneur, dit André avec un imperceptible froncement de sourcils, il peut penser à
elle sans l'offenser.

— Ce n'est pas à moi qu'il pense, c'est à mon
argent, dit Clélia ; mais qu'importe ! cela nous
rend certains de sa discrétion ; c'est tout ce qu'il
faut.

Il était tard, on se sépara bientôt.

André, malgré la fatigue qu'il éprouvait, ne put
dormir cette nuit-là. Il cherchait à se rendre compte
de l'état singulier dans lequel était plongé son
esprit depuis quelque temps. Il constatait qu'une
seule pensée l'occupait, qu'un seul nom était sur
ses lèvres, qu'un être qu'il ne connaissait pas
quelques mois auparavant était devenu l'unique
intérêt de sa vie et avait jeté comme un voile sur
ses affections anciennes. Il se demandait comment
il avait pu en arriver là et pourquoi il ne s'était pas
mieux défendu de cet amour insensé dont il avait
dès le premier jour deviné le danger.

Il s'était imaginé trouver un refuge auprès
d'Akoulina, pour laquelle il croyait avoir de
l'amour ; mais, à côté d'elle, il s'était ennuyé et avait
songé à Clélia. D'ailleurs, il ne pouvait plus retourner dans la maison d'Antonowitch depuis qu'il

2

était ostensiblement le fiancé de sa prétendue cousine. Ces fiançailles simulées avaient achevé de porter le trouble dans son âme en précisant ses sentiments : il était amoureux d'une femme aussi inaccessible pour lui que pour le phalène obscur la lune resplendissante vers laquelle il s'efforce de monter dans la nuit. Le mouvement de folle rage qui s'était emparé de lui lorsqu'il avait vu Pénout-chkine entourer de ses bras la taille de Clélia l'avait éclairé définitivement sur l'état de son cœur : ce n'était pas l'irritation de voir insulter devant lui une noble demoiselle prise pour une paysanne, mais bien un sentiment de jalousie, douloureux et violent, qui l'avait animé.

Mais, dans cette journée si agitée, il y avait eu un moment plein de douceur dont André ne voulait pas se souvenir et auquel, malgré lui, il revenait sans cesse : un instant la jeune fille s'était appuyée sur sa poitrine, il avait respiré le parfum de ses cheveux et senti près de ses lèvres voltiger un souffle léger. Toute sa vie s'effaçait devant cette minute d'ivresse. Cependant, il se répéta cent fois que tout cela était de la folie, qu'il fallait chasser de son esprit ces pensées coupables, et, le lendemain, lorsqu'il se leva, après une nuit d'insomnie, il était résolu à dompter son cœur et à revenir à la raison.

Il prit son meilleur cheval et passa toute la journée dehors ; il tua quelques corbeaux qu'il ne ramassa pas et un renard qu'il rapporta à la ferme.

Clélia s'était mortellement ennuyée et impatientée pendant cette journée. Catherine avait eu à souffrir de sa maussaderie, Macha avait été rudoyée, puis la jeune fille s'était excusée, prétextant un grand mal de nerfs. Les deux femmes étaient tout attristées de la voir ainsi.

Lorsque André revint, Clélia lui dit brusquement, moitié riant, moitié fâchée :

— Tu sais, je n'entends pas avoir un fiancé qui sorte ainsi sans ma permission.

— La barynia daigne se moquer de moi, dit André.

— Je veux être la maîtresse au logis et il faudra que mon mari m'obéisse, continua-t-elle.

André la regarda un instant.

— Les paysans ne sont pas ce que vous croyez, dit-il avec une singulière expression, ils battent leurs femmes et ce sont eux qui commandent.

— Est-ce vrai, cela, Katia ? s'écria la jeune comtesse.

— Ivan ne me bat pas, dit Catherine, mais cela est cause que l'on se moque quelquefois de lui au village.

Aussitôt après le souper, André, prétextant une grande fatigue, se retira dans sa chambre.

Le lendemain il allait repartir comme la veille pour passer la journée loin de la ferme lorsque sa mère l'arrêta comme il se mettait en selle.

— Reste, André, lui dit-elle, la demoiselle était toute soucieuse hier, j'ai peur qu'elle ne soit souffrante, elle a besoin de sortir un peu, tu attelleras le traîneau.

— Fedor le fera et promènera la demoiselle.

— Mais peut-être aime-t-elle mieux que ce soit toi.

— Pourquoi donc, ma mère? s'écria André; Fédor sait conduire les chevaux aussi bien que moi.

Et il lâcha la bride à son cheval qui partit au galop. En s'éloignant, le jeune homme éprouva un affreux serrement de cœur; il fut sur le point de revenir en arrière; mais il triompha de cette faiblesse et s'enfonça dans le bois.

Le soir, Clélia ne lui parla pas. Elle avait refusé de sortir et semblait triste. André se sentit une sorte de remords. Le lendemain, il resta.

— Voulez-vous faire un tour en traîneau? dit-il à la jeune fille après le premier repas.

— Je devrais te refuser, dit-elle, mais j'ai envie de voir la neige. Allons!

Ils partirent.

André s'aperçut que les deux jours qui venaient

de s'écouler et pendant lesquels il avait lutté contre lui-même n'avaient eu pour résultat que de rendre son amour plus ardent. Il craignait de ne pouvoir dominer l'émotion qui le gagnait en se retrouvant si près de celle qu'il voulait fuir, et il lui fallait toute son énergie pour se souvenir que ce n'était pas vraiment sa jeune fiancée qu'il emportait ainsi à travers les steppes de neige, mais bien une grande dame qui se jouait de lui.

Par instant, un mouvement de colère faisait bondir son sang.

— Dans ce désert, où elle est seule avec moi, elle n'éprouve pas la moindre inquiétude, se disait-il, elle me méprise trop pour me craindre.

Et il jeta sur elle quelques regards que, par bonheur, elle ne comprit pas.

Lorsqu'il rentra, il était mécontent de lui-même; il s'en voulait d'avoir consenti à cette promenade, d'avoir été sans énergie et sans volonté.

— Bientôt je deviendrai lâche, se disait-il; les nuits sans sommeil m'épuiseront et un enfant aura raison de moi. Il faut que je trouve un moyen de sortir de cet état.

Quelques jours plus tard, il s'habilla pour la chasse et partit de grand matin. Avant de monter à cheval, il embrassa sa mère.

— Je tuerai un loup aujourd'hui, lui dit-il avec un rire éclatant.

Catherine rentra dans la maison toute troublée, elle n'aurait pu dire pourquoi, mais son cœur de mère, qui s'alarmait souvent pour peu de chose, avait reçu une secousse douloureuse en voyant partir son fils. Elle n'avait pas osé essayer de le retenir, elle savait bien que cela eût été inutile. Elle demeura un instant comme pétrifiée sur le seuil de la porte, puis rentra les yeux pleins de larmes, et, s'agenouillant sur le banc de bois scellé à la muraille, elle fit une longue prière devant l'image de saint Serge.

Son intention était de garder pour elle seule son inquiétude, mais au milieu du déjeuner elle poussa tout à coup un grand cri.

En levant par hasard les yeux, elle venait de voir sur la muraille les armes d'André accrochées en croix comme à l'ordinaire.

— Seigneur! il n'a pas pris sa carabine, s'écriat-elle. Je savais bien qu'il méditait quelque folie!

Clélia pâlit et regarda Catherine avec angoisse.

— Qu'est-ce qui te prend? Qu'est-ce que tu as? dit Ivan en posant violemment son verre sur la table.

— André a oublié son fusil, dit-elle; tiens, regarde, toutes ses armes sont là.

Ivan se retourna :

— Eh bien! dit-il, c'est qu'il aura pris celles de Fédor.

— Oh! non, dit Fédor, pas possible. Mon fusil ne vaut rien et André le sait.

— Il aura trouvé en route un ami qui lui en aura prêté un; d'ailleurs, s'il n'a pas pris ses armes c'est qu'il n'en avait pas besoin.

— Il m'a dit qu'il tuerait un loup.

— Allons! allons! tu es folle. Ne vas-tu pas pleurnicher à présent? Tu t'imagines que ton fils a toujours trois ans et qu'il ne peut faire un pas ans toi.

— Hélas! un malheur est si vite arrivé! dit Macha.

— Bon! voilà l'autre! s'écria Ivan en frappant du poing sur la table. Finirez-vous, enfin?

En entendant son grand-père faire la grosse voix, le petit Fedia se mit à pleurer.

— Ah! vous me faites peur à la fin! s'écria Clélia qui s'enfuit en pleurant aussi.

Elle se sauva dans sa chambre et s'assit au bord de son lit toute surprise de se sentir si vivement émue.

— Suis-je folle? se dit-elle. Qu'est-ce donc que 'ai? Il me semble que s'il arrive malheur à ce garçon, c'est moi qui en serai cause.

Catherine vint la rejoindre dans sa chambre.

— Que tu es bonne, lui dit-elle, tu partages même nos peines.

— Voyons, dis-moi la vérité ! s'écria la jeune fille, pourquoi es-tu inquiète comme cela ?

— Je ne sais, un pressentiment ; une mère s'effraie si vite ! Il m'a semblé qu'André était singulier ce matin : ses yeux brillaient plus encore que de coutume. Il m'a embrassée, puis a poussé un éclat de rire qui m'a fait mal.

Clélia baissa la tête.

— Mais que crains-tu, enfin, dit-elle d'une voix presque timide, a-t-il donc quelque raison pour mourir ?

— Mourir ! que dis-tu là ? mon fils croit en Dieu, et il n'est pas fou, s'écria Catherine, rien ne lui manque ici, il est heureux.

— Alors que crains-tu ?

— Que sais-je, un malheur, une imprudence, il est si audacieux.

— Mais il est adroit aussi, et fort, il ne lui arrivera rien, dit Clélia, qui reprit toute sa tranquillité.

Catherine aussi se calma un peu et vaqua aux soins du ménage ; mais la journée fut triste. Au dehors il faisait sombre, une tourmente s'était élevée et soulevait la neige, qui bientôt tomba à gros flocons.

Clélia, à travers les vitres, la regardait tomber. Ainsi secouée par le vent, la neige semblait sale, couleur de cendre, elle tourbillonnait, fuyait, puis revenait dans un tumulte silencieux ; par moment elle paraissait remonter, puis l'œil fatigué ne savait plus distinguer si elle montait, descendait ou oscillait seulement en restant stationnaire. A une trouée, brusquement creusée par la bourrasque, l'illusion se dissipait.

Le soir vint ; après avoir longtemps attendu on se mit à table sans André.

Ivan, à son tour, baissait la tête, mais il ne parlait pas et cachait son inquiétude. A chaque instant Macha se signait et Catherine allait entre-bâiller la porte et prêtait l'oreille.

— Il neige toujours, disait-elle en revenant.

Clélia, elle aussi, prêtait l'oreille au moindre bruit ; ses remords lui revenaient, elle se sentait coupable et eût donné la moitié de sa fortune pour voir le jeune homme apparaître dans l'encadrement de la porte.

Tout à coup, elle tressaillit.

— J'entends quelque chose ! dit-elle.

Tous retinrent leur souffle.

Le bruit, amorti par la neige, du galop d'un

cheval, s'affirma bientôt. Catherine courut à la porte.

— C'est lui! c'est lui! Il revient! s'écria-t-elle. Etions-nous bêtes!

Peu après, André entra dans la salle.

En le voyant, Clélia ne put retenir un cri d'effroi et d'admiration.

Le jeune homme était couvert de sang, tête nue, les cheveux en désordre et pleins de neige. Une expression étrange de sauvagerie joyeuse et héroïque illuminait son visage. Ses yeux clairs étincelaient. Il portait sur l'épaule le cadavre d'un loup de grande taille.

— Est-ce que je vous fais peur, barynia? dit-il à la jeune fille; la bête est morte, ne craignez rien.

— Tu ne peux t'imaginer combien tu es beau et terrible! dit-elle.

— Pourquoi me dites-vous cela? murmura André.

— Je le dis parce que c'est vrai. Si un peintre était ici, il me comprendrait.

— Certainement il est beau, mon fils! s'écria Catherine qui se haussa pour l'embrasser.

André laissa glisser l'animal à terre.

— Mais le sang va couler sur le plancher, dit Ivan.

— Celui-là n'a pas perdu une goutte de sang, dit André ; on ne trouvera sur sa fourrure ni le trou d'une balle ni celui d'un poignard, je l'ai étranglé avec les deux mains que voilà.

— Mon Dieu ! il est fou ! s'écria Catherine, il ne chasse plus, il se bat avec les bêtes fauves, c'est donc exprès qu'il n'avait pas emporté ses armes ! Eh ! bien ! et tout ce sang qui est sur toi ?

— C'est le mien. L'animal ne s'est pas laissé tuer comme cela sans rien dire, il s'est bien défendu. J'avais cette idée d'attaquer la proie avec les seules armes que Dieu m'a données.

— Pourquoi as-tu fait cela, enfant ? dit Ivan avec gravité.

— Je me sentais devenir lâche, et je croyais n'avoir plus de force. J'ai voulu voir, répondit le jeune homme.

— Tu as bien fait, dit Ivan.

Catherine se signa et cracha par terre en entendant une pareille chose ; puis elle alla chercher le souper d'André qu'elle avait tenu au chaud.

Le jeune homme s'assit à table et but avidement, mais mangea peu ; et, comme pris de paresse et de somnolence, il mit sa tête dans ses mains et demeura immobile, répondant à peine aux questions dont on l'accablait.

Bientôt, les paysans allèrent se coucher. Clélia

resta seule en face d'André qui ne la voyait pas.

Elle posa la main sur le bras du jeune homme.

— Pardon, dit-il en relevant vivement la tête, je suis impoli... La tempête brutale m'a soufflé au visage pendant de longues heures, la chaleur de la chambre m'engourdissait.

— André, dit Clélia doucement, qu'est-ce que tu as ? dis-le-moi.

— Je crois que j'ai la fièvre, dit-il en essayant de dégager son bras.

— Tu feins de ne pas me comprendre, mais je vois bien que depuis quelques jours il se passe en toi quelque chose d'extraordinaire. Ouvre-moi ton cœur, je t'en prie.

— Vous ouvrir mon cœur, que demandez-vous là ! s'écria le jeune homme d'une voix qui effraya Clélia. Vous voulez que je déchaîne la bête fauve que j'enferme en moi et qui me ronge ; vous voulez l'entendre hurler, la voir se débattre devant vous. N'en avez-vous pas peur ? Oui ! c'est vous qui l'avez fait naître et grandir ; vous croyiez que c'était un agneau ; c'est un lion sauvage ; ne jouez pas avec lui.

— Tu es vraiment très-bien ainsi : l'éclat de tes yeux est incomparable, dit Clélia, qui, la tête appuyée sur sa main, regardait André avec une admiration insolente.

— Ne riez pas, madame, dit-il; vous n'avez pas le droit de me mépriser. Je suis loin de vous, mais j'ai le cœur plus haut que beaucoup de vos égaux : ceux-là consentent à être l'esclave et le jouet d'une femme coquette; je croirais méprisable si je faisais comme eux. Ici, nous sommes simples et rudes, nous ne savons pas mettre dans notre voix cette inflexion caressante qui vous prend comme dans un lacet, nous n'entendons rien à ces regards si doux qui vous entrent dans le cœur et qui pourtant ne veulent rien dire. Par désœuvrement, par habitude, je ne sais pourquoi, vous m'avez regardé avec ces regards-là! protégée par votre orgueil, vous avez daigné m'éblouir avec la tranquillité du soleil, qui sait bien qu'on ne peut pas l'atteindre. Eh bien! je ferme les yeux; je ne veux pas devenir fou. Ah! vous voulez le savoir? Oui! c'est pour vous fuir que je cours dans les bois et que je recherche la compagnie des bêtes sauvages, c'est pour faire taire mon sang que je me bats corps à corps avec les loups, je veux tuer cet amour outrageant pour vous, mortel pour moi. Je sais bien que je vous prive d'un passe-temps qui vous plaisait, mais c'est avec ma vie que vous jouez.

— Tu es méchant, André, on ne m'a jamais

parlé ainsi, dit Clélia ; je quitterai ta demeure puisque ma présence t'irrite.

André devint pâle et regarda Clélia avec épouvante.

— Vous voulez partir d'ici, s'écria-t-il après un instant de silence, et c'est moi qui vous chasserai ! Je deviens fou, voyez-vous, j' élevé la voix, je me suis plaint de vous. Un moujik vous parler de la sorte ! c'est que j'ai la fièvre, je vous l'ai dit, j'ai senti aujourd'hui les dents d'un loup m'entrer dans la gorge, j'ai perdu beaucoup de sang, je ne suis pas comme d'ordinaire, pardonnez-moi, dites-moi que vous ne partirez pas.

— Je resterai, mais, je t'en prie, calme-toi, dit Clélia. Qu'as-tu donc pour être si pâle ? ton front brûle, tu es malade. Mais mon Dieu ! s'écria-t-elle, son sang coule encore, il va s'évanouir.

— Ne craignez rien ; tout à l'heure, quand vous avez dit que vous partiriez, j'ai cru que j'allais mourir, maintenant c'est passé. Tout ce que j'ai dit, oubliez-le et pardonnez-moi. Je serai votre esclave, votre fiancé puisque vous le voulez, jusqu'au jour où vous retournerez chez vous ; alors, nous verrons.

— Tais-toi, enfant, tu es dans une étrange exaltation ce soir, dit Clélia en comprimant avec son mouchoir la blessure qu'André avait au cou.

Vous êtes étonnants, ici, vous ne faites attention à
rien; un seigneur, dans l'état où tu es, serait
entouré de médecins et gémirait dans son lit.

— Bah! ce n'est rien, un peu de sang de moins
cela fait du bien.

— Et c'est à cause de moi que tu te fais dévorer
par les loups, reprit la jeune fille; si tu avais été
tué je n'aurais plus pu vivre tranquille; tu crois
peut-être que je n'ai pas de cœur et que tu m'es
indifférent, tu te trompes; je te jure que si tu étais
mon égal je t'aimerais de toute mon âme.

VII

Quelques brises tièdes commençaient à courir dans l'atmosphère, les rivières brisaient leur fourreau de glace, la neige s'amollissait aux rayons plus chauds du soleil. C'était la fin de l'hiver et le printemps préparait sa venue. Il s'annonça d'abord par un abominable gâchis de boue et de neige mêlées, les rues du village devinrent des fondrières infranchissables par-dessus lesquelles on jetait des ponts. Dans les champs, la neige, qui tenait encore par places, ressemblait à un vieux drap troué; le tracé des routes et des sentiers reparaissait; au loin les pins s'enveloppaient d'un brouillard violet; plus près, ils reprenaient leur couleur sombre et laissaient tomber de leurs branches les derniers lambeaux de givre.

Bientôt tout vestige de neige disparut et les travaux des champs commencèrent.

La ferme s'anima: les volailles reprirent position dans la cour; les pigeons roucoulèrent sur le toit; on donna de l'air aux étables, on ouvrit les greniers, on descendit de blé pour les semailles.

Le matin, deux paires de bœufs partaient attelés aux charrues et les hommes restaient dehors toute la journée.

D'ordinaire André, bien qu'il fût chasseur, prenait plaisir aux travaux des champs, mais cette année-là il ne sembla pas s'apercevoir que le printemps fût venu. Quand Clélia dormait encore ou était à sa toilette, il passait des heures entières absorbé, ne disant rien, n'écoutant rien.

— André! André! tu rêvasses trop, lui dit un jour son père en le voyant accoudé à la table les regards fixés sur le plancher, ne viendras-tu pas aux champs?

André fit signe que non.

Le paysan haussa les épaules.

— Il faut marier ce garçon-là! grommela-t-il en s'en allant.

Dans l'après-midi André courait avec Clélia à travers la campagne. Ils allaient voir les premières feuilles ouvertes, le premier buisson en fleur. La jeune fille s'émerveillait de tout, elle demandait le

3*

nom de chaque arbuste, de chaque plante. Une grenouille effrayée, plongeant brusquement dans une flaque d'eau, la faisait rire comme une enfant, elle criait de peur quand un insecte traversait le sentier, ou bien elle s'arrêtait, un doigt sur les lèvres, pour regarder un oiseau qui sautillait près d'eux de branche en branche.

André lui disait le non de l'insecte, lui racontait les mœurs de l'oiseau.

— Comme tu es savant! disait Clélia.

Ils rencontraient souvent des paysans qui les saluaient de loin et leur criaient :

— Eh bien, à quand donc la noce ?

Ou bien l'on disait gaiement à André, en lui frappant sur l'épaule :

— Est-il heureux, ce gaillard-là !

— Pauvre garçon ! murmurait Clélia, comme tu supportes patiemment tous ces ennuis !

— Quoi donc ? disait André, n'a-t-il pas raison ? Je vous vois à toute heure, votre bras s'appuie sur le mien, vous ne vous irritez pas si mon regard s'arrête, sans pouvoir s'en arracher, sur votre beau visage. Je suis parfaitement heureux.

Un bruit singulier commençait à se répandre dans le village : on disait que la nièce d'Ivan Ivanovitch n'était pas sa nièce, mais bien une dame du monde qui avait commis un crime et que la police

recherchait. Elle avait promis une somme considé-
rable à Ivan s'il réussissait à la dérober aux pour-
suites, ses fiançailles avec André n'étaient qu'une
tromperie de plus. C'était Akoulina qui avait mis
cette histoire en circulation. Elle assurait que lorsqu'il ne se savait pas observé, André parlait à la
dame comme on parle à un supérieur. Ce bruit
commençait à prendre de la consistance. André
en fut informé et s'en inquiéta assez vivement à
cause de la portion de vérité qu'il contenait.

Un jour, il faisait chaud déjà, Clélia s'était étendue à l'ombre d'un taillis ; André était près d'elle.
Ils ne parlaient pas. La lumière dorée du soleil se
glissait en minces fils par les entre-croisements des
branches et sautillait à la pointe des herbes. Un
rossignol chantait dans un arbre voisin. André
regardait la jeune fille qui, par instant, le regardait
aussi tout en mordillant une fleur.

Tout à coup, avec son oreille de chasseur, André
distingua un imperceptible froissement dans les
buissons.

— Il y a quelqu'un là, se dit-il.

Et il se pencha vivement vers Clélia.

— Reprenez votre rôle de paysanne, lui dit-il,
nous sommes épiés… Ah ! ma douce chérie ! continua-t-il à haute voix, il n'arrivera jamais ton père,
ni le jour de notre mariage non plus !

— Mais tu sais bien que mon père voyage et
que son retour dépend du caprice des maîtres, dit
Clélia.

— Tu prends cela bien tranquillement, toi. Tu
ne vois donc pas comme je suis malheureux ? Si tu
m'aimais autant que je t'aime, tu partagerais ma
peine.

— Voudrais-tu dire que je ne t'aime pas ?

— Oui, je le dis, et cela est certain.

— Que faudrait-il faire pour te prouver le contraire ?

— Eh bien, si tu m'aimes, embrasse-moi, s'écria
André en passant son bras autour de la taille de
Clélia.

— Je t'embrasserais très-volontiers, dit-elle,
mais cela ne serait pas bien.

— Qui t'a appris cela ? Quel mal y a-t-il à donner
un baiser à l'homme avec lequel on passera toute
sa vie ?

— S'il n'y a pas de mal, je le fais de tout mon
cœur, dit Clélia en effleurant de ses lèvres, le
front du jeune homme ; es-tu content, maintenant ?

— Oui, dit André d'une voix très-basse.

Quelques instants après un homme sortait du
taillis; il feignit d'apercevoir les jeunes gens pour
la première fois et s'approcha d'eux. C'était un ami

d'André. Il avait voulu voir si les méchants propos qui couraient étaient fondés.

— Ah! Ivanovitch! s'écria-t-il, justement je te cherchais.

— Puis-je t'être bon à quelque chose? dit André.

— Voici: je voulais te demander si tu consens à ce que je sois le parrain de ton premier-né.

— C'est convenu, dit le jeune homme en serrant fortement la main de son ami.

Un soir que Clélia rentrait à la ferme avec André, Catherine lui tendit une lettre.

— Mon Dieu! c'est de Pavel, dit-elle en brisant vivement le cachet.

Puis elle lut à haute voix:

« Chère et respectée demoiselle,

« Votre tuteur est mort subitement hier dans la matinée. Le pauvre barine a eu un coup de sang et a quitté le monde sans avoir repris connaissance. Que Dieu reçoive son âme dans le paradis!

« Maintenant vous voilà libre et maîtresse de votre fortune. Vous pouvez rentrer chez vous et ne plus craindre les contrariétés. Mme Prascovia quittera le château aussitôt votre arrivée, à moins que vous n'en décidiez autrement. J'aurai l'honneur de venir vous chercher après-demain matin, lorsque toutes les cérémonies des funérailles seront terminées.

« Je baise respectueusement le bord de votre robe.

« Votre père nourricier, bien heureux de vous revoir, et qui peut se dire le plus dévoué de vos serviteurs.

« PAVEL PÉTROVITCH. »

Après la lecture de cette lettre, Clélia leva les yeux sur André. Il s'était laissé tomber sur le banc, pâle comme un mourant, et la regardait d'un air égaré.

— Comme cela, il est mort tout d'un coup, le pauvre homme, disait Catherine ; qui aurait pu s'attendre à cela ?... Qu'est-ce que tu as donc, André ? ajouta-t-elle en voyant la pâleur de son fils, tu es tout blanc.

— Ce n'est rien, ma mère, c'est la joie d'apprendre que la barynia est enfin délivrée de ses ennuis.

Après avoir dit ces mots, d'une voix étranglée, André sortit de la salle précipitamment. Il s'enfuit dans une grange et, se jetant sur un monceau d'herbes coupées, pour la première fois de sa vie, il se mit à pleurer comme un fou.

IX

Le surlendemain, vers le milieu du jour, toute la famille d'Ivan Ivanovitch était réunie devant la porte de la ferme, autour d'une légère calèche attelée de deux chevaux noirs. Pavel était sur le siège, et un jeune serviteur qu'il avait amené avec lui l'aidait à placer les bagages.

Plusieurs moujiks s'étaient arrêtés au bord du chemin et contemplaient d'un air indolent ces préparatifs de départ.

Tout était prêt. Clélia, qui avait repris son costume véritable, embrassa Catherine, qui pleurait à chaudes larmes, puis Macha, qui pleurait aussi ; elle embrassa Ivan, Fedor et le petit Fedia, puis elle monta en voiture.

André était à cheval, il voulait escorter la jeune fille l'espace d'une verste ou deux.

— Ah! j'ai le cœur gros en partant d'ici, dit-elle en jetant un regard sur la ferme, sur la fenêtre ouverte de la chambre qu'elle avait habitée, sur tous ces braves gens désolés.

— Nous étions si bien accoutumés à vous, dit Catherine à travers ses larmes ; comme la maison va nous sembler vide ! comme nous serons tristes, à présent !

— Soyez sûrs que je n'oublierai jamais les jours que j'ai passés près de vous, dit Clélia, ils seront peut-être les meilleurs de ma vie. Voyons, ne pleurez pas ainsi... pour un rien, je pleurerais aussi.

— Allons ! allons ! s'écria Pavel, soyez donc raisonnables, mes bons amis, ne dirait-on pas que nous portons quelqu'un en terre ? Parbleu ! on se reverra, nous n'allons pas si loin, nous ne partons pas pour toujours.

— Il a raison, dit Clélia, nous nous reverrons souvent, vous viendrez passer quelques mois au château. Au revoir, mes chers amis, et merci de votre bonne hospitalité.

— Que le ciel vous protége, barynia ! dit Ivan en agitant son bonnet.

— Adieu ! adieu ! chère demoiselle, soyez heureuse ! dit Catherine en essuyant ses yeux.

La voiture partit au galop. Clélia se retourna et fit encore de la main un signe d'adieu aux paysans, puis la route tourna et elle ne les vit plus.

André galopait à côté de la voiture. Livide, les dents serrées, les yeux cernés d'un cercle bleu, il regardait droit devant lui ; par instant un frisson de fièvre le secouait.

— Celui-là qui ne dit rien est le plus désolé de tous, grommelait Pavel en le regardant à la dérobée.

Clélia n'osait pas parler au jeune homme. Qu'aurait-elle pu lui dire ? Elle sentait bien que cette douleur était trop profonde pour être calmée par des paroles banales, elle en ressentait d'ailleurs le contre-coup et une inquiétude indéfinissable lui serrait le cœur.

La journée était chaude, le ciel pur, la poussière, soulevée par les roues de la calèche, s'en allait en nuages d'or sous les rayons du soleil, une alouette chantait en s'élevant très-haut dans l'air. Au bord de la route, les cigales, sans discontinuer, faisaient entendre leur bruit de crécelle.

Arrivé au pied d'une petite côte, André s'arrêta brusquement.

— Il faut en finir, dit-il, je n'irai pas plus loin.

Pavel retint ses chevaux.

— Adieu, cher André, adieu ! dit Clélia, ne m'oublie pas. Je penserai souvent à toi.

— Voyez donc, quel temps radieux, dit-il ; l'air sent bon, le soleil brûle ; on dirait un jour de fête. N'est-ce pas un bon présage pour le départ ?

— Que veulent dire ces paroles incohérentes ? perds-tu l'esprit, André ? s'écria Clélia.

Le jeune homme sourit.

— Ah ! si j'étais fou ! dit-il.

— Mais, qu'as-tu ? Ton regard est effrayant...

— Adieu ! cria-t-il. Adieu, ma belle fiancée !

Et il s'enfuit à travers champs.

— Que saint Serge nous protége ! murmura Pavel, le malheureux a pris son rôle au sérieux !

Clélia, penchée hors de la voiture, suivait du regard le jeune homme dont le cheval semblait emporté.

Tout à coup elle vit tomber André et entendit un coup de feu.

Un cri d'horreur s'échappa de ses lèvres.

— Il s'est tué ! cria-t-elle. Misérable folle que je suis, je l'aimais !

Pavel, sans hésiter, lança son attelage à travers les plantations, dans la direction qu'avait prise André ; il se tenait debout sur le siége et explorait des yeux un large espace, tout en dirigeant ses chevaux un peu effrayés par les tressautements de la voiture et les épis de blé qui leur fouettaient le poitrail. Il cherchait déjà depuis quelques instants sans rien découvrir, lorsqu'une des roues de la voiture heurta brusquement un obstacle qu'elle franchit.

Pavel sauta vivement à terre.

— C'est la carabine d'André, dit-il, elle est déchargée, en effet.

Clélia s'était caché le visage dans ses mains, ne voulant rien voir ; elle découvrit pourtant ses yeux comme malgré elle.

— Et lui où est-il ? dit-elle avec angoisse.

— Je ne le vois pas, dit Pavel, son cheval l'aura traîné Dieu sait où.

Il se pencha cependant.

— Ah ! du sang ! s'écria-t-il, je croyais voir un coquelicot.

Clélia se précipita hors de la voiture.

— Mon Dieu ! mon Dieu ! mais qu'est-il devenu ?

s'écria-t-elle, en regardant avec désespoir l'impéné-
trable multitude des blés déjà hauts.

— Tenez, de ce côté, des gouttelettes de sang
se sont éparpillées sur les épis, ils sont légèrement
inclinés, suivons cette trace.

Clélia s'élança dans la direction indiquée. Pavel
marcha derrière elle. Quelques tiges brisées, un
faible sillon courbant la tête des épis, les gui-
daient.

Tout à coup, la jeune fille poussa un cri et
tomba à genoux.

— Il est là, sans mouvement... ah! Pavel, il est
mort! s'écria-t-elle en fondant en larmes.

Pavel s'agenouilla auprès du fils de son ami.

— Il n'est pas mort, mais c'est tout comme, dit-
il, il râle. Ah! mon pauvre André, est-ce bien
possible!

— André! André! parle-moi! je t'en conjure,
dis un mot; dis-moi que tu me pardonnes! s'écria
Clélia. Tu vois bien qu'il est mort, ajouta-t-elle,
puisqu'il ne s'éveille pas à ma voix. Mon Dieu!
j'ai été coupable, mais la punition est trop cruelle.

— Si beau! si jeune! si brave! Mourir comme
cela! murmurait Pavel.

— Non, ce n'est pas possible! il ne mourra pas,
je le sauverai! s'écria la jeune fille avec une exaltation fébrile, que deviendrai-je sans lui? Car je

l'aime! entends-tu? J'ai au doigt son anneau de fiançailles, et je l'épouserai, je le jure ici.

Pavel regarda sa maîtresse avec effroi.

— Viens, emportons-le, continua-t-elle, conduisons-le au château, ne perdons pas un instant.

— Emportons-le, dit Pavel, mais je crains bien qu'avant notre arrivée il ne soit plus qu'un cadavre.

— Tais-toi, Pavel, tu ne crois pas en Dieu, dit Clélia.

— Ah! que dites-vous là? s'écria-t-il en se signant.

On fit approcher la voiture et Pavel, aidé de son compagnon qui était resté près des chevaux, souleva le blessé avec précaution. Au premier mouvement, un flot de sang jaillit jusque sur la robe de Clélia; la jeune fille faillit s'évanouir, mais elle maîtrisa sa douleur et aida à placer André sur les coussins, puis elle s'assit à côté de lui.

Pavel guida les chevaux par la bride jusqu'à la route; là, il remonta sur le siége et les lança au galop.

Le voyage fut un long supplice pour Clélia; elle soutenait du mieux qu'elle pouvait le mourant dont elle sentait la tête inerte rebondir sur son épaule. Au moindre cahot, elle tressaillait et s'efforçait d'en éviter le contre-coup au blessé.

— Tu veux donc le tuer, Pavel? criait-elle ;
modère tes chevaux.

A d'autres moments, au contraire, elle trouvait
qu'on n'avançait pas.

— Plus vite! plus vite! disait-elle alors. Son
sang ruisselle de toutes parts. Encore quelques
minutes et il ne lui en restera plus une goutte dans
les veines.

On atteignit enfin Wologda, on franchit la porte
du château. Encore quelques instants et un médecin serait près du blessé.

Tous les serviteurs et toutes les servantes
s'empressaient autour du perron pour saluer la
maîtresse. Prascovia, en grand deuil, s'avançait
aussi d'un air dolent. Elle faillit tomber à la ren-
verse en voyant la jeune fille inondée de sang, le
visage bouleversé, les yeux pleins de larmes.

— Seigneur! Seigneur! quelle catastrophe!
s'écria-t-elle.

— Ouvrez les portes! apportez des linges, de
l'eau froide! cria Clélia en pénétrant dans le vestibule.

Puis elle monta en courant le grand escalier.

— Dans quelle chambre faut-il porter le blessé?
demanda une femme de chambre ; dans celle du
seigneur qui vient de mourir ?

— Non! non! dit vivement Clélia, portez-le dans la chambre de mon père.

— Dans la chambre de son père! murmura Prascovia. Cette chambre qu'elle n'a jamais laissé habiter par personne et qu'elle vénère comme si c'était une chapelle!... Ce mourant qu'elle nous apporte, est-ce donc un grand dignitaire? demanda-t-elle à un serviteur.

— C'est un moujik, madame.

— Un moujik! la pauvre fille est devenue folle! s'écria Prascovia.

Et curieuse, elle monta derrière les hommes qui portaient le blessé.

André fut enfin étendu sur un lit et Clélia se pencha vers lui pour écouter s'il respirait encore.

— Mon Dieu! il ne viendra donc pas, ce médecin! s'écria-t-elle avec désespoir.

— Le voici, mademoiselle, dit une voix que Clélia reconnut aussitôt.

— Ah! mon cher Ovnikof! venez! venez!

Le docteur entra dans la chambre et remit son chapeau et sa canne à un domestique.

— Du calme! du calme! dit-il, qu'arrive-t-il, donc? comme vous voilà faite!

Clélia l'entraîna vers le lit.

— Ah! ah! dit-il, un accident!

Il tira son mouchoir de sa poche et s'essuya le

front; puis il prit dans son portefeuille une paire de ciseaux et coupa rapidement l'habit du blessé.

— Donnez-moi de l'eau, dit-il.

La blessure apparut un peu au-dessous du sein gauche. Le docteur la palpa longtemps.

— C'est étrange, dit-il, la balle a pénétré de bas en haut. Comment l'accident est-il arrivé ?

— Le jeune homme était à cheval, sa carabine s'est déchargée, dit Clélia.

— C'est incompréhensible ! Mais qu'importe. Aide-moi à le soulever, dit-il à Pavel, qui se tenait immobile près du lit.

— C'est bien cela, reprit-il, la balle est ressortie au dessous de l'épaule.

Le blessé eut un spasme convulsif, une écume sanglante lui vint aux lèvres.

— Mon Dieu ! mon Dieu ! vous l'achevez, docteur, s'écria Clélia ; voyez donc, il râle.

— Non, il étouffe, dit Ovnikof ; mais, éloignez-vous, chère enfant, ce spectacle douloureux vous impressionne trop.

— Non, non, dit vivement Clélia, je reste. Regardez, il ouvre les yeux.

André promena sur les assistants un regard

sans pensée, puis de nouveau il perdit connaissance.

— Ah! Seigneur, comme c'est horrible! dit
la jeune fille en cachant son visage dans ses
mains.

Le docteur pansa les plaies sans arracher un
tressaillement au blessé. On eût pu le croire mort
sans le soulèvement pénible et profond de sa
poitrine.

— Y a-t-il quelque espoir? dit Clélia en regardant Ovnikof avec angoisse.

— Je ne puis rien dire encore, répondit le
docteur en soulevant ses épaules; la blessure est
très-grave, une côte a fait dévier la balle qui, sans
cela, allait droit au cœur. Le poumon est traversé,
je ne puis répondre de rien.

— Ah! docteur, si vous aimez un peu l'enfant
que vous avez vu naître, vous le sauverez! dit
Clélia.

— Parbleu! si je vous aime! chère petite; mais
vous tenez donc bien à lui?

— Oui, beaucoup, dit-elle en rougissant un
peu.

— C'est, ma foi, le plus beau jeune homme que
j'aie jamais vu, dit Ovnikof, qui est-ce?

— Le fils d'un paysan; il m'a rendu de grands
services. Ah! Pavel! s'écria-t-elle, et sa mère! et

Ivan! que vont-ils dire? comment leur apprendre ce malheur?

— Pauvre Katia! pauvres chers amis! dit Pavel en pleurant; ce n'est pas moi qui leur porterai la nouvelle.

— Envoie quelqu'un, fais-leur dire qu'il est arrivé un accident, qu'André est tombé de cheval et que nous l'avons emporté ici pour le mieux soigner. Dis-leur aussi que nous espérons le sauver... N'est-ce pas, docteur, vous l'espérez?

— Il est jeune, il est fort, peut-être le sauverons-nous, dit-il.

— Je ferai comme vous l'ordonnez, dit Pavel en s'éloignant.

Prascovia le suivit pour l'interroger.

— Voyons, enfant, reprit Ovnikof lorsqu'il fut seul avec Clélia, qu'avez-vous? qu'est-il arrivé?

Clélia baissa les yeux.

— Je crois deviner la vérité, continua le docteur; la blessure de ce garçon n'est explicable que par une tentative de suicide; il a voulu se tuer, et c'est peut-être à cause de vous.

— Oui, c'est la vérité, dit la jeune fille avec résolution et, s'il meurt, c'est dans un couvent que j'irai porter mes remords.

— Allons! allons! pas tant d'exaltation, dit Ovnikof, je vous jure de faire tout ce qui est en

mon pouvoir pour le tirer de là. Mais je vous en
prie, calmez-vous, votre tête brûle, vous avez la
fièvre. Allez quitter cette robe sanglante et vous
reposer un peu. Ne craignez rien, je m'installe
auprès du blessé et je ne le quitte plus.

Clélia serra la main du docteur avec effusion ;
puis elle s'éloigna après avoir jeté un long regard
sur André.

Prascovia vint rejoindre la jeune fille dans sa
chambre ; elle s'avança et reprit l'air dolent qu'elle
avait préparé pour recevoir son ex-pupille. Les
femmes de chambre déshabillaient Clélia et lui
baignaient le front d'eau fraîche. Elle était à demi
couchée sur une chaise longue.

— Chère demoiselle, votre tuteur est mort, dit
Prascovia, mon pauvre mari, le compagnon de ma
jeunesse.

Et elle se mit à pleurer.

— Oui, oui, je sais, dit Clélia.

— Quel affreux malheur ! on l'a enterré hier, je
crois que je ne lui survivrai pas.

— Il faut se faire une raison, dit Clélia, vous êtes
jeune encore, vous vous remarierez.

— Parler de cela quand la tombe de mon pauvre
défunt est encore toute fraîche ! s'écria Prascovia
en levant les bras au ciel.

— Excusez-moi, ma tête est bouleversée, dit la jeune fille.

— Peut-être ma présence au château vous déplaît-elle, reprit Prascovia; s'il en était ainsi je partirais à l'instant.

— Non! non! reste, je t'en supplie, que veux-tu que je devienne dans l'état où je suis? je ne puis m'occuper de rien.

— La mort de mon pauvre Samaïlof me laisse presque sans ressources; il s'était ruiné...Ah! voici Alexandra qui me fait signe.

Prascovia alla parler à une servante, et revint bientôt.

— Une visite, mon enfant, dit-elle; on sait déjà que vous êtes arrivée.

— Dites que je suis malade.

— Mais c'est le gouverneur du district avec sa femme, ils viennent nous faire leurs compliments de condoléances.

— Eh! quand ce serait le grand Turc! s'écria Clélia, il s'agit bien de recevoir des visites!

Et elle quitta sa chambre pour retourner auprès du blessé.

— Décidément, il y a un roman là-dessous, se dit Prascovia en descendant au salon. Donner la chambre de son père, retenir le médecin, envoyer promener le gouverneur! Tout cela pour un moujik?

Pas possible! Ce paysan est un prince dé-
guisé.

— Mon Dieu! docteur, est-ce qu'il est plus mal?
dit Clélia en voyant Ovnikof penché vers le blessé,
lorsqu'elle rentra dans la chambre.

— Il peut à peine respirer; le sang ne coule plus
de la blessure. Je crains une hémorragie interne,
dit-il. Voyez donc à ce que mon cocher monte dès
qu'il reviendra de la pharmacie.

Clélia descendit elle-même et s'avança sous le
péristyle.

L'équipage du gouverneur attendait au bas des
marches, les chevaux grattaient le sable de leur fin
sabot, tandis que le valet de pied dégustait un verre
de kwas.

— Est-ce là le drojky d'Ovnikof? demanda la
jeune fille.

— Non, barynia, répondit un serviteur; tenez, le
voici qui revient.

Clélia ne laissa pas au cocher le temps de descendre; elle prit le paquet de médicaments et se
retourna vers la maison.

A ce moment, la porte du salon s'ouvrit, et, au
milieu d'un cliquetis de voix, le gouverneur, son
épouse et son fils, suivis de Prascovia, s'avancèrent
dans le vestibule. Clélia passa en courant au milieu
d'eux et manqua faire perdre l'équilibre au fils du

visiteur, jeune homme maigre et long comme une perche.

— Comment ! c'est Clélia Alexandrowna ! Elle n'est donc pas malade ? s'écria le gouverneur.

— Mon Dieu, on ne peut rien vous cacher... dit Prascovia d'un air mystérieux.

— Vraiment ? est-ce que la jeune personne a l'esprit détraqué ?...

— Vous n'y êtes pas.

Et elle se pencha vers l'oreille du gouverneur.

— Je crois que le czarevitch est ici.

— Le czarevitch !

— Chut ! gardez-moi le secret, dit-elle, un doigt sur les lèvres : un accident de chasse, Clélia a ramené le blessé dans sa voiture.

Le gouverneur s'en alla tout abasourdi.

X

Vers le milieu de la nuit seulement, André recouvra un faible et confus sentiment de la vie. Il promena autour de la chambre ce regard vague et qui semble rêver, particulier à ceux qui sortent d'un long évanouissement. Il vit des tentures de satin pourpre luire sur les murailles, sur le sol un tapis épais plein de roses larges et sombres, au plafond des cygnes et des enfants nus se jouant parmi des nuées bleues.

En face de lui un homme, qu'il ne connaissait pas, sommeillait dans un fauteuil, la tête dans sa main. Il était légèrement chauve, ses sourcils touffus et ses favoris grisonnaient. André regardait sans comprendre, il lui était impossible de penser ; il lui semblait seulement qu'un poids énorme l'écrasait.

Une chose surtout retenait le regard du blessé, c'était deux grosses lampes allumées sur la cheminée et reflétées par la glace ; les globes de verre dépolis lui semblaient deux perles ; à l'entour, toutes sortes d'objets dorés brillaient.

Il essaya de se soulever, machinalement, pour mieux voir, mais éprouva alors une horrible douleur et poussa un gémissement.

Clélia qui s'était assoupie dans un fauteuil au chevet du lit se dressa sur ses pieds.

— Docteur ! docteur ! cria-t-elle.

Ovnikof s'était levé aussi, il versa une potion dans un verre.

— Vous allez m'aider, dit-il.

André était retombé sur l'oreiller et avait fermé les yeux. La jeune fille lui souleva un peu la tête.

— Ah ! dit-elle, cette écume sanglante lui revient encore aux lèvres.

— N'importe ! dit Ovnikof, il a crié, donc il sent son mal ; j'aime mieux cela. Tenez ! il boit avec avidité.

Le jeune homme rouvrit les yeux. Il vit Clélia penchée vers lui, en peignoir blanc, les cheveux à demi dénoués ; il essaya de sourire.

— Ah ! il me reconnaît, dit-elle, il est sauvé !

— Clélia !... dit André lentement, où donc sommes-nous ?

Sa voix avait un timbre étrange, sourd et semblait venir de très-loin.

— Chut ! chut ! dit Ovnikof, taisez-vous, bavard, je vous défends de parler.

André regarda le docteur, puis reporta ses yeux sur Clélia.

— Il faut lui obéir, dit-elle.

— Partons d'ici, dit-il plus bas, l'air manque.

— Comme il souffre ! comme sa respiration est douloureuse ! murmura Clélia.

— J'espère qu'il va s'assoupir, taisons-nous, dit le docteur.

Clélia se rassit au chevet du lit, mais le blessé, avec un regard plein d'inquiétude, essay de tourner la tête pour la voir encore. Elle se rapprocha et lui prit la main.

— Voyez-vous, il va faire l'enfant gâté, dit Ovnikof, laissez-lui votre main et il dormira.

Le docteur s'assoupit de nouveau et bientôt André ferma les yeux. Clélia seule veilla.

Elle repassa dans son esprit toutes les phases de sa vie, pendant les six mois qu'elle avait habité au village, entourée d'affections sincères et profondes ; elle se demandait comment elle avait pu partir

avec tant de tranquillité et être à ce point aveugle
sur ses propres sentiments. Elle, la capricieuse
qui méprisait souvent ce qu'elle aimait la veille,
qui au milieu des fêtes, du luxe et des triomphes,
trouvait la vie monotone et vide ; elle avait pu
vivre de longs mois dans une ferme, privée de ses
parures, de son bien-être accoutumé, sans éprouver un seul instant d'ennui ! et elle n'avait pas
compris d'où venait un tel miracle, elle n'avait pas
su lire dans son propre cœur ; il avait fallu un événement terrible pour arracher à ses lèvres l'aveu
de son amour.

— Oui, se disait-elle, sans cet acte de désespoir,
je le laissais s'éloigner, je revenais ici seule, insou-
ciante. Eh bien ! qu'aurais-je fait ? Quel est le cœur
plein de tendresse qui aurait répondu au mien ?
Aurais-je pu vivre maintenant au milieu de ces
indifférences polies, de ses protestations fausses
ou intéressées ? Quel est l'homme qui m'aimerait
assez pour préférer la mort à mon absence ? Où
trouverais-je un cœur comparable à celui-ci, un
esprit plus loyal et plus noble, un dévouement
plus complet ? Et j'ai été sur le point de dédaigner
un trésor si rare ! J'ai peur que Dieu me punisse
en m'enlevant le seul être qui me soit cher aujour-
d'hui dans ce monde.

Et elle regardait la belle tête d'André, pâlie et

contractée par la souffrance, elle suivait des yeux le soulèvement pénible de sa poitrine, alors des larmes lui troublaient la vue et elle éprouvait une sorte de honte à sentir l'air circuler librement dans ses poumons.

— Ah ! s'il vit, continua-t-elle, comme je l'aimerai, comme je saurai lui faire oublier ce qu'il a souffert à cause de moi ! Par bonheur, je suis libre, maîtresse absolue de mes actions et je puis faire, sans rencontrer d'obstacles, la folie qui me procurera le bonheur ! Quelle joie de découvrir le monde à cette âme vierge qui n'a admiré encore que la nature de Dieu, de voir ses surprises, ses enivrements, de retrouver près de lui des sensations anciennes que la satiété a effacées ; oui, je veux te rendre cette hospitalité que tu m'as donnée de si grand cœur ; tu avais fait de moi une paysanne, je ferai de toi un grand seigneur !

Clélia, surexcitée par cette journée terrible et cette nuit d'insomnie, ne pouvait retenir ses larmes. Elle appuya son front brûlant sur la main d'André qu'elle tenait toujours.

Le jeune homme s'éveilla.

Dans les arbres du jardin, les rossignols chantaient à plein gosier ; le jour commençait à poindre.

— Clélia !... murmura André.

La jeune fille releva la tête.

— Ah! cher André! s'écria-t-elle, tu vivras, n'est-ce pas? Tu ne me laisseras pas seule dans ce monde. Tu m'aimes trop pour partir sans moi.

— Ah! ça! si vous continuez ainsi, je vous interdis l'entrée de cette chambre, s'écria le docteur qui s'éveilla en sursaut. Je suis le maître pour l'instant. Vous agitez mon malade, la fièvre va le prendre bientôt... que diable, laissez-le tranquille! Tenez, ajouta-t-il avec une sorte d'attendrissement en voyant André froncer le sourcil, il est encore aux trois quarts dans l'autre monde et il veut déjà vous défendre.

— Pauvre ami! dit la jeune fille.

— C'est pour ton bien, va, que je gronde, reprit Ovnikof en préparant une nouvelle potion.

Après avoir vu André se rendormir, Clélia consentit à aller se reposer un peu.

Lorsqu'elle s'éveilla quelques heures plus tard, la tête lourde et brisée de fatigue, on vint lui annoncer que le notaire et plusieurs autres personnes l'attendaient depuis longtemps.

— Allez prendre des nouvelles du blessé, répondit-elle.

La femme de chambre obéit.

— Il n'y a pas de changement, dit-elle en revenant. Il repose toujours.

— Habillez-moi, voyons, dit Clélia en se laissant glisser hors de son lit. Qu'est-ce 'qu'il me veut, ce notaire ?

— Comment, chère enfant, ce qu'il vous veut ? s'écria Prascovia qui entrait dans la chambre, mais vous rendre les comptes de tutelle, vous mettre au courant de vos affaires et en possession de votre fortune.

— Ah ! il m'ennuie ! dit Clélia avec humeur.

— Voyons, enfant, soyez raisonnable, dit la veuve de Samaïlof en baisant Clélia sur le front.

— Qu'a-t-elle donc à être si aimable ? pensa la jeune fille.

— A propos, et le cher malade, comment va-t-il ?

— Hélas ! toujours de même ; cependant il m'a reconnue et a dit quelques mots, peut-être le sauverons-nous.

— Ah ! Dieu soit loué ! s'écria Prascovia avec enthousiasme.

— Qu'est-ce qui lui prend ? se dit Clélia en la regardant en dessous. Ah ! pourquoi en noir ?

4

ajouta-t-elle en voyant la robe qu'on lui préparait.

— Ne porterez-vous pas le deuil quelques jours
au moins ? dit Prascovia, vous devez bien cela
à la mémoire de l'homme qui vous a servi de père.

— C'est juste, dit Clélia en bâillant.

— D'ailleurs, vous êtes charmante ainsi, vos
cheveux d'or, roulant sur cette étoffe sombre, sont
encore plus magnifiques.

La réunion avait lieu dans la bibliothèque située
au rez-de-chaussée ; toutes sortes de personnages
que Clélia ne connaissait pas y étaient assemblés :
régisseurs, fermiers, intendants. Le notaire, assisté
de ses clercs, était assis devant une table ; il se
leva quand la jeune fille entra.

— Pardon ! je vous ai fait attendre, dit-elle en
s'asseyant dans le fauteuil préparé pour elle.

Prascovia s'assit aussi, mais elle était dans une
agitation extraordinaire, elle rougissait, puis pâlis-
sait et poussait de profonds soupirs, de temps à
autre elle jetait sur Clélia des regards moitié hai-
neux, moitié suppliants.

La jeune fille, d'ailleurs, n'y prenait pas garde,
sa pensée était auprès d'André. Le menton dans la
main, les regards fixés à terre, elle semblait avoir
parfaitement oublié les assistants.

Le notaire remua plusieurs cahiers disposés

devant lui, mit ses lunettes sur son nez et se moucha bruyamment.

— Si vous le permettez, dit-il, je vais, au nom de Mme Prascovia Samaïlowna, ici présente, vous rendre un compte exact de l'état de vos biens, régis jusqu'à ce jour par le regretté seigneur Samaïlof.

Et il commença à lire très-attentivement les cahiers amassés devant lui.

Il énuméra les villages, les champs, les métairies, les moujiks appartenant à la jeune fille; il donna le chiffre de la redevance que payait tel ou tel fermier, il établit la moyenne des récoltes, dit le nombre des serfs morts ou malades et donna le total des naissances ; puis il en vint aux sommes liquides, énonça les différents modes de placement, les gains et les pertes.

Cette voix monotone finit par endormir Clélia, et le notaire s'aperçut que sa cliente ne l'écoutait pas du tout.

— Si la demoiselle dort, dit-il, nous ne pouvons continuer.

— Elle est si lasse, dit Prascovia.

— N'importe ; il y a certaines choses qu'elle doit entendre.

Ils se turent un instant. Clélia s'éveilla aussitôt.

— Est-ce fini ? dit-elle.

— Bientôt, mademoiselle, dit le notaire un peu froissé. Je dois vous apprendre, continua-t-il, que votre tuteur avait cru pouvoir disposer d'une somme de cinquante mille roubles, vous appartenant, et la risquer dans une entreprise ayant pour but de relever sa propre fortune. Par malheur, l'affaire n'a pas réussi et la somme est perdue.

Prascovia était au supplice.

— Il me reste quelque argent, dit-elle d'une voix étranglée, et dussé-je aller mendier sur les chemins, je restituerai la somme perdue.

— Bah! garde ton argent, dit Clélia, cinquante mille roubles, qu'est-ce que cela? Pourquoi me parle-t-on de cette misère?

— Ah! quel cœur généreux tu as! s'écria Prascovia en se jetant dans les bras de la jeune fille.

— Puis-je m'en aller? dit Clélia en regardant le notaire.

— Mais... pas encore; à moins que vous ne donniez vos pleins pouvoirs à quelqu'un.

— Je le veux bien, à qui donc? ah! à Pavel! s'écria-t-elle en apercevant le vieillard.

— Comment! à un serf!

— Pavel! un serf!

— Barynia, dit-il en s'avançant, votre joug est si léger que je n'ai jamais songé à vous demander ma liberté.

— Mais, je te la donne; tu vas me remplacer, tu t'y entends beaucoup mieux que moi. Il a toute ma confiance, entendez-vous; j'approuve tout ce qu'il fera.

Et après avoir adressé un léger salut aux assistants, elle s'enfuit.

— Quelle tête folle! murmura le notaire. En voilà une fortune qui sera bien administrée!

Clélia courut à la chambre d'André; mais auparavant elle avait mis une rose rouge à son corsage pour rompre un peu l'aspect funèbre de sa robe de deuil.

— Eh bien, docteur? dit-elle en entrant doucement.

— Eh bien, la fièvre est venue; il a le délire. Tout à l'heure, il croyait se batttre avec un ours; j'ai dû employer toute ma force pour le faire rester tranquille.

— Pardon, monsieur. J'ai été brutal, dit le blessé, de cette voix sourde qui faisait mal à entendre. Je vous prenais en effet pour un ours.

— Va, mon garçon, dit Ovnikof, le jour où tu seras en état de me rouer de coups, je serai enchanté. A propos, ajouta-t-il en se tournant vers Clélia, ses parents sont arrivés. Faut-il les faire monter?

— Ah! mon Dieu! il me semble que je ne pour-

rai plus supporter leur regard bon et loyal, s'écria-
t-elle, moi qui suis la cause de leur malheur.

— Que dites-vous donc, barynia? murmura
André, est-ce votre faute si j'ai été assez maladroit
pour ne pas savoir tenir un fusil?

— Ah! docteur, entendez-vous ce qu'il dit?
s'écria la jeune fille.

— Il me plaît infiniment ce garçon-là, dit
Ovnikof à demi voix.

Ivan et Catherine entrèrent bientôt, ils osaient à
peine marcher sur ces tapis profonds, il leur semblait que le plancher s'enfonçait, et par respect, ils
retenaient leurs larmes.

Clélia courut à eux et les embrassa.

— Qui eût dit que nous nous reverrions si tôt?
s'écria-t-elle en pleurant.

— Ah! Seigneur, qu'il est pâle! qu'il est changé!
dit Catherine en apercevant son fils.

— André! André! mon fils unique! balbutia Ivan
en se cachant le visage dans ses mains.

— Il n'y a pas de quoi pleurer, dit André, quel
est l'homme à qui il n'est pas arrivé un malheur
une fois dans sa vie? Il faut remercier Dieu au contraire qui a permis que l'on vînt à mon secours, et
que je meure du moins au milieu de ceux que j'aime.

— Ah! ne parle pas de mourir, André! s'écria
Clélia.

— Pourquoi donc vivre! elle est partie! murmura le blessé repris par la fièvre. Elle m'a laissé là, sur le chemin, je voulais la suivre, mais je ne l'ai pas pu; les roues de sa voiture m'avaient écrasé le cœur?

— Ah! mon Dieu! il bat la campagne! s'écria Catherine en fondant en larmes.

Ivan sanglotait tout bas.

— Si c'est pour nous faire entendre une pareille musique que vous êtes venus, allez-vous-en, dit Ovnikof avec humeur, vous fatiguez le malade. Je vous en prie, Clélia, emmenez-les, et défendez à qui que ce soit de pénétrer ici.

La jeune fille obéit à regret. Tandis qu'elle refermait la porte en s'en allant, elle entendit la voix d'André qui répétait lentement:

— Elle est partie!... elle est partie!...

XI

Quelques jours plus tard, Clélia était levée depuis une heure et tenait à la main un livre qu'elle ne lisait pas, lorsque Ovnikof frappa à la porte de sa chambre. En le voyant, la jeune fille pâlit; mais il lui sembla que le docteur avait une expression joyeuse sur le visage. Elle n'osait parler et l'interrogeait seulement d'un regard anxieux.

— Chère enfant, dit-il, je réponds maintenant de notre malade; il guérira.

— Ah! docteur, s'écria-t-elle en se jetant dans les bras d'Ovnikof, jamais je n'ai éprouvé une joie comparable à celle-ci!

— Voyons, chère demoiselle, dit le docteur en faisant asseoir Clélia sur un divan et en s'asseyant près d'elle, raisonnons un peu. Je comprends très-bien que devant ce mourant que vous aviez poussé vers le tombeau votre cœur se soit ému et qu'une pensée très-noble de dévouement ait germé dans votre esprit; mais voici que le mourant revient à la vie; le crime que vous croyiez devoir vous reprocher ne pèsera donc plus sur votre conscience. Réfléchissez à ce que vous voulez faire; ne vous laissez pas entraîner par votre enthousiasme juvénile à commettre une folie que vous pourriez regretter plus tard.

— Une folie, est-ce donc une folie d'écouter son cœur et d'épouser l'homme que l'on aime! Que m'importe si le hasard ne l'a pas fait naître noble, est-ce qu'un titre ajouterait quelque chose à son âme? J'étais orgueilleuse, autrefois, et je n'aurais pas toujours parlé ainsi; mais un sentiment tout nouveau s'est éveillé en moi, et aujourd'hui, à la noblesse du nom, que l'on tient du hasard, je préfère la noblesse du cœur et de l'esprit que l'on tient de Dieu.

— L'on a toujours de bonnes raisons à donner lorsque l'on veut quelque chose, mais êtes-vous bien sûre de vouloir longtemps? Si je parlais d'après mon propre sentiment, je ne m'attacherais pas, outre mesure, à la question de mésalliance. Je vois des princes et je vois des hommes simples, ils sont égaux devant la douleur; la nature, qui

4.

manque de savoir-vivre, traite le noble comme elle
traite le paysan et même, je dois l'avouer, j'ai
souvent trouvé l'homme du peuple plus fort, plus
beau et meilleur; il est résigné et courageux tandis
qu'il souffre et, une fois guéri, reconnaissant des
soins qu'on lui a donnés; j'ai donc pour lui une
préférence marquée. Si je suis appelé à la fois par
un seigneur et par un moujik, je me rends d'abord
au chevet du paysan; mais, à cause de cela, je
passe pour un original assez dangereux; je ne veux
imposer mes idées à personne. Je ne vois pas un
seul être auprès de vous qui puisse vous donner
un conseil désintéressé, c'est pourquoi je me permets de vous parler, j'ai quelques droits à votre
estime et vous savez combien je vous aime; c'est à
cela que je dois d'être écouté par vous, avec un peu
d'impatience, avouons-le, mais avec attention,
C'est moi, chère petite, qui vous ai reçue dans mes
bras à votre entrée dans ce monde, je ne vous ai
jamais perdue de vue, je ne suis donc pas un étranger pour vous et je puis me permettre de vous aider
à lire dans votre âme. Je vous connais, j'apprécie
les grandes qualités de votre cœur et de votre
esprit, mais je déplore aussi quelques défauts que
d'autres, peut-être, trouveront charmants et qui
sont le fond de votre caractère; ne vous fâchez pas:
vous êtes capricieuse, volontaire, coquette, rageuse

aussi et très-méprisante parfois. Si vous prenez
pour époux un homme qui vous soit inférieur en
éducation, il vous froissera souvent sans le vouloir,
vous lui ferez alors cruellement sentir votre dédain,
et s'il a quelque fierté dans le cœur votre intérieur
deviendra un enfer. Je connais votre caractère
indomptable, je sais que vous ne supporterez
jamais une observation, quelque juste qu'elle soit.

— Ici, vous vous trompez, docteur. J'étais peut-
être telle que vous me dépeignez, bien que le por-
trait soit un peu noir ; mais j'ai changé. Je suis maintenant très-capable de me laisser dominer par
l'homme que j'aimerai et dont j'estimerai le caractère. Vous avouerai-je que ce jeune homme que
vous avez vu mourant, m'a quelquefois fait trem-
bler ; il y a en lui une énergie sauvage et une force
d'âme qui me remplissent d'admiration et de respect. Lorsque vous le connaîtrez mieux, vous me
comprendrez.

— J'admets très-volontiers qu'André, jeune
comme il est, doué d'une élégance naturelle et d'un
esprit très-ouvert, soit vite au courant des usages
du monde ; mais ses parents, ils resteront ce qu'ils
sont, serez-vous très-flattée d'avoir une belle-mère
qui ne sait pas lire !

— Je lui donnerai une lectrice qui lira pour elle,
dit Clélia. Ma pauvre Katia ! mais je l'aime de

tout mon cœur. Je n'ai jamais connu ma mère, vous le savez, la sœur de Katia fut ma nourrice, elle lui ressemble, et je crois retrouver près d'elle cette chère femme que j'ai tant aimée. D'ailleurs, j'ai commencé déjà la transformation de ma future belle-mère, et, si je n'avais pas été aussi triste, ces jours-ci, j'aurais bien ri à la voir trébucher à chaque pas dans ses robes traînantes, et se retourner au bruissement de la soie comme si elle croyait avoir quelqu'un sur les talons... Eh bien, docteur, vous n'avez plus rien à dire ?

— Non, chère enfant, je vois qu'il n'y a rien à faire ; je m'avoue vaincu.

— Tenez! je vous en veux, dit-elle avec une petite moue charmante, le jour où vous venez m'annoncer que mon ami est sauvé, au lieu de me laisser voler près de lui, vous me faites un sermon. Vous voyez bien que je suis changée, puisque je vous ai écouté jusqu'au bout sans me mettre en colère.

A mesure que le blessé revenait à la vie, il tombait dans une mélancolie profonde. Ni la joie de sa mère, ni les douces gronderies de Clélia, qui feignait de ne pas deviner la cause de sa tristesse, ne pouvaient ramener le sourire sur ses lèvres. Le jour où il se leva pour la première fois, il eut envie de pleurer.

— Allons, murmura-t-il, j'avais cru pouvoir échapper à la douleur ; mais elle me reprend dans ses griffes et ne veut pas me faire grâce.

Clélia, qui l'observait avec attention, se pencha vers l'oreille du docteur.

— Vous voyez bien que le chagrin ne lui vaut rien, dit-elle, me permettez-vous de lui parler enfin et d'achever de le guérir en lui apprenant que je l'aime ?

— Parlez-lui, mon enfant, dit Ovnikof.

André fit quelques pas dans la chambre.

— Je puis marcher, dit-il avec un sourire plein d'amertume.

— Alors je vais te conduire dans la serre, dit Clélia, nous serons très-bien là pour causer.

Le grand salon du rez-de-chaussée s'ouvrait sur cette serre dont parlait la jeune fille ; elle était haute, très-vaste et pleine d'arbres exotiques, de plantes aux feuillages énormes, de fleurs rares ; on y respirait un parfum de terre humide et de pétales mûrs. Des oiseaux des îles gazouillaient dans une volière.

— Ah ! que c'est joli ! s'écria André en entrant, est-il possible qu'il existe un pays où des plantes semblables à celles-ci croissent librement !

— Si tu veux, nous irons ensemble dans ce pays, dit Clélia.

— Ensemble !

Elle le fit asseoir sur un fauteuil en jonc tressé et s'assit près de lui.

— André, dit-elle après un instant de silence, regarde dans mes yeux et dis-moi ce que tu y vois.

Le jeune homme leva les yeux vers elle.

— Je vois que dans votre bonté infinie vous êtes heureuse de ma guérison.

— Ne vois-tu rien de plus ? dit-elle en lui prenant les mains. Moi, je sais mieux lire dans ton regard, j'y vois ton amour rayonner, j'y vois aussi depuis quelques jours une sombre tristesse, dont je connais bien la cause et que j'effacerai d'un mot. Ne le devines-tu pas, ce mot ?

— Ah ! ne me regardez pas avec tant de douceur, ma raison m'échappe, épargnez-moi, murmura André en détournant la tête.

— Tu ne comprends donc pas que je t'aime ! s'écria la jeune fille.

— Vous m'aimez ?

— Oui, autant que tu m'aimes et je sais ce que vaut ton amour. Il n'en est pas de plus ardent, de plus dévoué, de plus pur. J'ai été cruelle, criminelle même, j'ai joué avec un cœur comme le tien, tu t'es vengé en voulant mourir, et j'ai souffert plus que toi peut-être ; mais je bénis ma souffrance, elle m'a révélée à moi-même. Oui, je t'aime, André, et je t'aimerai toute ma vie.

— Je rêve, n'est-ce pas ? balbutia André, je suis fou, j'ai le délire encore.

— Regarde, dit-elle, j'ai au doigt ton anneau de fiançailles ; ce gage, vois-tu, possède un mystérieux pouvoir. Depuis que tu me l'as donné, je suis liée à toi ; c'est le premier anneau d'une chaîne éternelle, c'est le symbole d'un engagement sacré que je tiendrai. Je serai ta femme.

André secoua la tête tristement.

— Vous êtes bonne d'avoir gardé cet anneau, mais vous savez bien qu'il ne vous engageait pas, dit-il. Je devine quel sentiment plein de délicatesse et d'abnégation vous pousse à me parler comme vous venez de le faire, mais vous savez bien que je n'accepterai pas ce que vous venez de m'offrir. Voyez donc comme votre main est fine et blanche ; regardez-la auprès de la mienne ; ne dirait-on pas un morceau de pain blanc à côté d'un morceau de pain bis ? Ces deux pains-là ne peuvent pas se rencontrer sur la même table. Je vous aimerai toujours ; mais, ne craignez rien, je n'essaierai plus de me tuer.

— Ah ! je n'avais pas prévu ceci ! s'écria Clélia hors d'elle-même. Un paysan qui refuse d'épouser une comtesse ! C'est comme cela que tu m'aimes ? Est-ce que l'amour raisonne ? Est-ce que j'ai rai-

sonné, moi ? Toute objection qui s'oppose au
bonheur doit être rejetée comme une folie. Nous
nous aimons, voilà une raison sans réplique. Privés
l'un de l'autre, nous ne pouvons vivre : il est tout
simple de nous lier à jamais. Que signifient de
pareilles hésitations ? Ne vas-tu pas dire aussi que
je suis plus riche que toi ?

— Songez donc à ce que je suis…

— Tu es l'homme que j'aime.

— Oh ! ne dites pas cela ! Ces mots sont une
dérision dans votre bouche. Je vous aime trop pour
vouloir profiter d'un moment d'attendrissement qui
vous égare. J'ai eu le douloureux bonheur de vous
connaître, je dois en mourir, et je ne me plains pas
de ma destinée.

— Alors, tu t'imagines que je ne t'aime pas ;
que les larmes que j'ai versées ne sont pas de
vraies larmes ; que le sentiment profond qui pour
la première fois a fait battre mon cœur, n'est qu'un
caprice passager ; que la douce joie qui m'enveloppe quand je suis près de toi n'est rien ; que
l'épouvante qui glace mon sang lorsque je crains
de te perdre est une illusion ? Enfin, tu ne veux pas
croire à mon amour ?

— Ah ! Clélia ! vous me tuez, murmura le jeune
homme, pris de faiblesse, en se renversant tout pâle
dans le fauteuil.

Ovnikof se promenait dans le jardin. Clélia l'appela.

— Ce n'est rien, un évanouissement, dit-il en s'approchant d'André ; l'émotion a été trop forte.

— Ah ! docteur, si vous saviez...

— Quoi donc ? mon enfant ; on dirait que vous avez des larmes dans vos beaux yeux.

— Il ne veut pas du bonheur que je lui offre ; il refuse de m'épouser.

— Vraiment ? il a fait cela ! s'écria Ovnikof avec un mouvement de joie ; je m'y attendais, je vous l'avoue ; je commence à connaître cette âme charmante.

— Vous semblez vous réjouir de ma douleur.

— Vous vous méprenez sur mes sentiments ; je souhaite de toute mon âme que vous parveniez à vaincre ses scrupules. Cet homme est vraiment digne de vous.

— Ah ! je triompherai de tous les obstacles, je vous le jure. J'y emploierai toute mon énergie, toute mon intelligence, il y va du bonheur de ma vie.

XII

Les visites abondaient au château depuis le retour de la jeune comtesse, mais elle se faisait toujours excuser et ne recevait pas. Un jour cependant elle changea d'avis et fit annoncer à ses connaissances que son salon serait ouvert tous les soirs comme par le passé.

Une foule de soupirants s'empressa à ces réceptions ; Clélia fut accablée de bouquets, de déclarations, d'œillades brûlantes. Elle les supportait patiemment et semblait les faire servir à un projet connu d'elle seule.

Un soir André, qui avait repris des forces, put descendre au salon. Lorsqu'il entra une certaine émotion agita les visiteurs. Le bruit soufflé par Prascovia à l'oreille du gouverneur s'était promp-

tement répandu dans la ville et l'on était persuadé
que le blessé recueilli par Clélia ne pouvait être
qu'un très-haut dignitaire. La bonne mine de l'inconnu, sa haute taille, son regard fier achevèrent
de convaincre ceux qui doutaient. On se rangea sur
son passage, en le saluant très-humblement. Dès
qu'elle le vit, Clélia courut à lui et le fit asseoir
dans l'angle du salon où elle se tenait ordinaire-
ment.

Le jeune homme, qui assistait pour la première
fois à une réunion mondaine, regardait avec curiosité les toilettes, les allures, les physionomies. Ovnikof l'avait rejoint et lui nommait les personnages
les plus importants.

— Tenez, cette petite tête ronde sur ce petit
corps rond qui, en équilibre sur ses jambes, ressemble à une pomme dans laquelle on aurait planté
deux allumettes, c'est le gouverneur du district. Sa
femme est longue comme une asperge, il l'a aimée,
sans doute, à cause du contraste; le fils tient de la
mère, il est tout jambes. Si vous voulez le voir,
regardez près du paravent japonais ce grand garçon,
à cheveux jaunes collés au cosmétique, il s'est mis
au nombre des aspirants à la main de Clélia.

— Est-ce possible? dit André avec un sourire.
Et cette dame qui se tient droite sur sa chaise, ne
parle pas et baisse les yeux, qui est-ce ?

— Ah! derrière le piano à queue? C'est la dame de compagnie de Prascovia, un de ces êtres dont l'existence est parfaitement inutile, insignifiante et incolore, qui n'ont rien, n'aspirent à rien, ne pensent à rien; une comparse dans la vie, qui entre et sort sans avoir rien compris à la pièce qui se joue. Elle tient compagnie : cela consiste à s'asseoir ici ou là, un ouvrage de broderie à la main, et à ne rien dire pendant de longues heures. C'est quelque chose comme un meuble.

— Et celui qui s'accoude là-bas, au socle d'une statue de marbre ? Clélia lui parle.

— Face cramoisie, plus large que haute; cou débordant sur le collet de l'habit, cheveux très-rares sur un crâne énorme : c'est le fameux général de W...; défiez-vous de lui, Clélia le comble d'attentions, et il songe très-sérieusement à l'épouser.

— Est-ce donc ainsi, chez les seigneurs? dit André, une femme jeune et belle comme une fée pourrait épouser un vieillard ridicule, sans soulever l'indignation autour d'elle ?

— C'est comme cela, mon ami. Mais voyez donc, Mme Prascovia est hors d'elle-même, il paraît que la belle Clélia va sur ses brisées.

— Cette dame a-t-elle donc encore des prétentions ?

— Je le crois bien, elle n'est pas mal, d'ailleurs.

Ses cheveux ondulés, ses yeux noirs sous ses énormes sourcils ne manquent pas de charme et, sans ce petit duvet rebelle qui ombrage sa lèvre supérieure, elle serait très-agréable.

— Elle a l'air dur et sa physionomie manque de grâce, dit André.

— Elle sait prendre une expression très-douce lorsqu'elle le veut, mais j'avoue que dans ce moment ses yeux lancent des éclairs. Le noir ne la flatte pas d'ailleurs. Voyez donc au contraire combien notre chère Clélia est ravissante dans ces flots de dentelles noires ; son teint semble dégager de la lumière ; ses cheveux blonds resplendissent et l'étoile de diamants qui brille au-dessus de son front s'éteint dans ces rayons de soleil.

— Oh ! oui, elle est bien belle ! murmura André qui la contemplait avec une muette adoration, et lorsqu'on a levé les yeux sur elle, tout semble noir dans la vie comme lorsque l'on a regardé une lumière trop brillante.

Clélia s'aperçut qu'André et Ovnikof parlaient d'elle, elle quitta le général et s'avança vers eux.

— Ah ! mes amis, leur dit-elle à demi-voix, lorsque l'on n'a qu'une seule pensée dans l'esprit, que le cœur est envahi par un seul sentiment, grave et profond, qu'il est difficile et douloureux d'être aimable, de sourire, d'être coquette avec des gens qui vous sont parfaitement indifférents !

— Pourquoi faites-vous cela ? dit Ovnikof. Qui vous y force ?

— Puisque celui que j'aime me dédaigne, dit-elle en jetant à André un regard plein de finesse et de douceur, je suis bien obligée d'essayer de me rattacher à quelque chose dans la vie. Ah ! voici Pénoutchkine, il faut que je vous quitte, ajouta-t-elle.

— C'est un de vos préférés, celui-là ? dit Ovnikof.

— Oui, un de mes préférés, répondit-elle en serrant la main du docteur d'une façon significative.

Et elle s'éloigna.

— Pénoutchkine ! en voilà un seigneur plein d'orgueil et de suffisance, dit le docteur ; il ne se lasse jamais de parler de lui.

— Je le connais, dit André avec une imperceptible expression de colère.

— L'avez-vous entendu raconter ses prouesses de chasseur ? Il y a surtout l'histoire d'une lutte corps à corps avec un loup, sur laquelle il ne peut tarir. Il paraît qu'il a été héroïque (le seigneur, non pas le loup) ; il a brisé son poignard sur le crâne de l'animal ; il peut faire voir la lame et, si l'on y tient, les traces des blessures qu'il a reçues. Le diable

m'emporte s'il n'a pas raconté vingt fois cette histoire devant moi.

— Je suis bien sûr qu'il se gardera de parler en
ma présence de cette aventure, dit André qui ne
put s'empêcher de sourire en se souvenant de la
mine piteuse qu'avait le seigneur sous la griffe du
loup.

Depuis un instant, le gouverneur se dirigeait en
louvoyant vers l'angle du salon où se trouvait
André; ce prudent fonctionnaire tenait essentiel-
lement à saluer le mystérieux inconnu qui cachait
sa véritable condition, mais qui était sans aucun
doute un personnage important.

Il s'arrêta devant le jeune homme, les deux
mains sur le cœur, laissant un de ses pieds en
arrière comme un danseur qui va commencer un
pas, leva les yeux au plafond d'un air profondément attendri.

— Permettez-moi de vous exprimer la joie...
ineffable que nous avons éprouvée en apprenant
votre guérison pour ainsi dire... miraculeuse,
dit-il d'une voix pleine de suavité. Nous sommes
des provinciaux, et cependant nous étions capables
de ressentir le vide affreux que votre mort eût
laissé dans le monde aussi bien que n'importe quel
habitant de la capitale.

— Vous êtes mille fois bon, dit André qui se

leva et salua le gouverneur d'un air surpris que celui-ci trouva on ne peut plus digne et affable.

— Est-ce que ce monsieur a toute sa raison ? demanda André à Ovnikof en regardant le gouverneur qui, par respect, s'éloigna aussitôt en jetant au jeune homme des regards chargés de reconnaissance.

— Il vous prend pour le grand Mogol, dit Ovnikof en mettant son mouchoir sur ses lèvres pour dissimuler un rire invincible... Ah ! voilà la baronne Karolowna qui va nous jouer quelque chose, ajouta-t-il. Aimez-vous la musique ?

— Est-ce qu'il existe au monde un être humain qui ne soit pas charmé par la musique ? s'écria le jeune homme.

— Venez, Clélia nous fait signe de nous approcher du piano.

La baronne joua avec beaucoup d'entrain l'ouverture d'un opéra de Glinka, puis on pria Clélia de chanter.

Elle refusa d'abord, puis se ravisa tout à coup et se leva.

— C'est pour toi seul que je chante, dit-elle à voix basse à André en passant auprès de lui.

Elle s'assit au piano et chanta avec un singulier emportement un lied d'Asantchewski, jeune compositeur russe déjà célèbre. C'était un cri de joie

ineffable, exprimant d'une façon saisissante l'ivresse
de l'être qui se sent aimé et croit le monde trop
étroit pour contenir son bonheur :

« Il m'aime ! il m'aime ! J'entends la voix des
forêts le crier, le vent le dit aux nuages qu'il
emporte, le fleuve roule cet aveu de vague en
vague.

« Il m'aime ! il m'aime ! Sous les branches le
gazouillement des oiseaux le redit, les clochettes
d'argent du muguet le proclament dans la vallée.

« Il m'aime ! il m'aime ! une joie inconnue
m'accable, une inquiétude douce et poignante fait
frémir mon cœur. »

La voix de Clélia était fraîche et souple, un
peu grêle peut-être, mais d'un timbre plein de
charme. Elle sut, cette fois-là, lui donner une
expression de violence et d'enthousiasme qui
enleva son auditoire.

Tandis qu'on l'acclamait de tous côtés, elle
regarda André et crut lire sur son visage, pâle
d'émotion, dans ses yeux brillants de larmes, qu'il
ne pouvait plus lutter, que son amour était plus
fort que sa raison et que toutes ses résistances
s'écroulaient. Une faible rougeur de joie colora un
instant les joues de la jeune fille.

4··

On la pria de chanter encore, mais elle refusa et quitta le piano.

Elle alla s'asseoir auprès de Pénoutchkine.

— Ah! vous êtes divine, lui dit-il, en feignant d'essuyer une larme. Toute votre âme était dans votre voix; on dirait vraiment que l'amour a touché votre cœur et pourtant je sais bien qu'il n'en est rien.

— Etes-vous bien sûr de cela? dit-elle en lui jetant un malicieux regard.

— Eh! oui, vous ne connaissez pas ces tortures, ce doute, ces espérances, ce besoin de dévouement, tout ce que vous m'inspirez enfin...

— Comment, je vous fais éprouver tant de choses?

— En doutez-vous? ne savez-vous pas lire dans mes yeux, n'y voyez-vous pas que je suis prêt à donner ma vie pour vous?

— Donner votre vie pour moi, cela est bientôt dit, vous savez parfaitement que je ne vous la demanderai pas, qu'en ferais-je? S'il s'agissait de toute autre chose il est probable que vous ne parleriez pas ainsi.

— Ah! mettez-moi à l'épreuve! s'écria Penoutchkine. Serai-je assez heureux pour que vous daigniez me demander quelque chose?

— J'ai bien quelque chose à vous demander,

mais vous n'auriez qu'à me refuser... dit Clélia en le regardant en dessous.

— Moi, lui refuser quelque chose ! dit-il en levant les yeux au ciel.

— Eh bien, voici: je désire acquérir une de vos propriétés.

— N'est-ce que cela! s'écria Penoutchkine. Elle est à vous. Laquelle est-ce ?

— La ferme où nous nous sommes rencontrés dernièrement. Consentez-vous à me la vendre ?

— Sans aucun doute.

— Mais, avec la ferme, ceux qui l'habitent ?

— Quel singulier caprice! dit Penoutchkine avec un léger mouvement de contrariété.

— Un caprice, en effet. Je veux que rien ne soit changé dans cette demeure, que pas un meuble ne soit dérangé, que les mêmes visages apparaissent sur le seuil. Peut-être est-ce pour retrouver plus tard, dans toute leur fraîcheur, des souvenirs qui me sont chers, ajouta-t-elle en lui jetant un séduisant regard.

— Ah! vous êtes adorable, s'écria Penoutchkine qui saisit la main de Clélia et la porta à ses lèvres.

— Alors, c'est convenu, nous signerons demain l'acte de vente.

— Je suis votre esclave, dit Penoutchkine au comble du bonheur.

Clélia baissa la tête pour dissimuler le sourire moqueur qui voltigeait sur ses lèvres.

— Regardez donc le général de W..., dit-elle un instant après, il est dans une agitation extraordinaire et nous jette des regards furieux, il est capable d'avoir une attaque d'apoplexie, ce qui ferait un esclandre. Permettez que j'aille lui parler.

Clélia s'approcha du général.

— Alors, donc déjà, vous épousez ce monsieur? lui dit-il en roulant des yeux injectés de sang.

— Pourquoi cela ?

— Voici une heure que vous causez très-tendrement avec lui.

— Tendrement ? Nous parlions d'affaires. Mais il me semble que je m'excuse : est-ce que vous me feriez peur, guerrier farouche ? Ce ne peut être que cela, car je ne me souviens pas que vous ayez jamais mérité les égards que j'ai pour vous.

— Par malheur, l'occasion de vous prouver mon amour ne s'est jamais présentée, mais qu'elle vienne et vous verrez...

— Voyons, de quoi seriez-vous capable ?

— Ah ! s'écria le général avec un soupir bruyant, pour votre joli sourire, pour baiser le bout de vos doigts blancs, je ferais l'impossible... absolument.

— Eh bien, voyons donc, je vais vous demander quelque chose de presque impossible.

— Demandez.

— Je veux que vous me remettiez un brevet d'officier.

— Un brevet d'officier ?...

— Absolument ! dit Clélia, en faisant une révérence au général.

— Pour qui ?

— Le nom doit être laissé en blanc.

— Mais que ferez-vous de ce brevet ?

— Tout ce qu'il me plaira. J'y mettrai mon nom ou je le jetterai au feu.

— Je n'y comprends rien.

— Qu'est-ce que cela fait ? Vous voyez bien que vous hésitez.

— Nullement. Vous n'épouserez pas Penoutchkine !

— Oh ! je vous jure que non.

— Eh bien, demain, vous aurez votre brevet.

Un éclair de joie jaillit des yeux de la jeune fille.

— Tenez, général, voici votre récompense, dit-elle en lui tendant sa main qu'il baisa avec recueillement.

XIII

Lorsqu'après cette soirée André se retrouva seul dans sa chambre, il se laissa tomber dans un fauteuil et serra entre ses mains son front brûlant.

— Je suis à bout de forces, murmura-t-il, je sens que ma volonté va ployer et que ma conscience est submergée par mon amour. Je ne puis combattre plus longtemps, c'est une torture trop affreuse de refuser le bonheur que l'on n'osait pas entrevoir, même en rêve. La lèvre brûlée par la soif ne peut pas repousser toujours la coupe rafraîchissante qui s'offre à elle; il le faudrait pourtant. Ma conscience me commande le sacrifice, mais je n'ai pas la force de lui obéir. Elle m'aime! Cette pensée m'emplit le cœur et chante nuit et jour à mon oreille; ma raison ne peut se faire entendre. Je l'écouterai cependant, je ferai taire toutes les folies enivrantes qui m'obsèdent. Ai-je encore assez de force pour vouloir? Un paysan n'épouse pas une comtesse, cela ne s'est jamais vu. Clélia effrayée par l'acte de désespoir qui a failli me délivrer de la vie, croit m'aimer; après la noce elle s'apercevrait qu'elle s'est trompée, et moi, j'aurais abusé de son erreur. C'est impossible, j'ai trop de fierté dans le cœur pour vouloir dérober quelques jours de bonheur au prix d'un crime odieux. Je fuirai la tentation. Je partirai.

André se leva et marcha avec agitation dans la chambre.

— Mes forces sont presque entièrement revenues, ma blessure est fermée, dit-il; alors pourquoi suis-je ici? Est-ce donc fait pour moi, ce luxe qui m'entoure? On le dirait vraiment à voir avec quelle promptitude, je m'y suis accoutumé. Je ne m'étonne plus de ce lit d'ébène et de satin, de ces meubles moelleux qui semblent vous caresser, de ces tapis doux comme de la fourrure. Allons donc! mes tapis à moi, c'est la mousse des forêts, la neige vierge de pas humains. C'est sur le tronc d'arbre renversé au bord du sentier que je dois m'asseoir. Qu'est-ce que je fais ici? Je suis une bête des bois, on ne parviendra pas à m'apprivoiser.

Il s'approcha de la cheminée et se regarda dans le miroir.

— Cependant, j'étais bien près d'être dompté, continua-t-il ; est-ce là le chasseur insouciant et fort que je fus jadis ? Le désespoir et la maladie ont effacé de mon visage les baisers du soleil et du vent, je suis aussi pâle qu'un seigneur, j'ai revêtu, sans y prendre garde, les habits que l'on a substitués aux miens, j'ai trouvé qu'ils m'allaient à merveille, mes mains deviennent blanches, ma voix perd de sa rudesse, mes cheveux s'assouplissent, et ne dois-je pas avouer que par instant un mouvement d'orgueil a gonflé mon cœur, quand me voyant passer devant un miroir j'hésitais à me reconnaître. Quelle est donc cette voix qui me crie que tout cela est mal et me dégrade ? Je sens bien qu'il faut lui obéir, qu'il faut arracher cet amour de mon cœur comme l'on arrache le poignard d'une blessure, qu'il faut s'enfuir très-loin, seul et pour toujours. Mais, la vie sans elle ! quel horrible supplice ! Ah ! pourquoi ne m'a-t-elle pas laissé mourir au milieu de ces blés tachés par mon sang ? J'avais déjà enduré une souffrance trop lourde pour ma force, j'avais droit au repos, et voilà qu'il faut de nouveau reprendre ce fardeau écrasant ! Qu'ai-je donc fait, Seigneur, pour être ainsi malheureux ?

Le jeune homme ouvrit la fenêtre pour calmer un peu la fièvre qui le brûlait.

Il faisait clair de lune ; la nuit était tiède et le jardin embaumait.

— Partir !... être aimé et partir ! murmurait André les deux mains crispées sur l'appui de la croisée ; avoir le ciel devant soi et choisir l'enfer, c'est au-dessus des forces humaines. Pourtant, je partirai... bientôt, demain... Pourquoi demain ? s'écria-t-il tout à coup. A quoi bon prolonger cette agonie ? Si je la vois, si elle me parle, je perdrai tout mon courage. C'est à l'instant même qu'il faut fuir, sans réveiller personne, sans être aperçu. Ah ! Dieu ! je l'ai donc vue tout à l'heure pour la dernière fois ! C'est fini, à jamais fini.

Accablé, il se laissa tomber sur un divan et étouffa ses sanglots en se cachant le visage dans les coussins.

Lorsqu'il se releva, il était résolu et calme.

— Allons, dit-il, à l'heure de son réveil, je serai loin déjà.

Pour ne pas être entendu dans la maison en ouvrant et refermant des portes, il se décida à descendre par le balcon. Il éteignit d'abord les lampes pour ne pas être vu du dehors et se glissa avec précaution comme un coupable.

Il atteignit le sol et fit quelques pas en évitant de faire crier le sable sous ses pieds.

De ce côté, la maison projetait ses ombres nettes et anguleuses sur le jardin vivement éclairé par la lune ; André entendait, du côté de la façade, le serviteur chargé de veiller qui frappait sur un disque de bronze pour témoigner de sa vigilance : il devait éviter de passer près de lui.

Avant de s'éloigner, le jeune homme leva les yeux vers la chambre de Clélia ; elle était encore éclairée ; une des fenêtres même était entr'ouverte.

— Mon Dieu ! serait-elle souffrante ? Comment ne dort-elle pas encore ? se dit André qui semblait fasciné par la lueur venant de cette chambre et ne pouvait plus faire un pas.

La tentation était trop forte : il pouvait l'apercevoir encore une fois sans être vu, sans avoir à craindre les séductions de sa parole ; il emporterait au moins une dernière vision dans son exil.

Il hésita longtemps, mais son cœur fut plus fort que sa raison ; il s'élança, et s'aidant des saillies de la muraille, il fut bientôt à la hauteur de la fenêtre.

Il ne vit d'abord à travers les fins rideaux de dentelles qu'un rayonnement bleu, étrangement doux; tout était bleu dans cette chambre, les parois couvertes de soie capitonnée, le tapis, le lit surmonté d'un gracieux baldaquin et qui ne s'appuyait que par la tête à la muraille.

Clélia, en peignoir blanc, était assise auprès d'une petite table et écrivait. Une lampe posée devant elle l'éclairait pleinement, la lumière se jouait dans ses cheveux couleur de miel, les contours de son visage semblaient baigner dans un fluide argenté, ses petites dents brillaient entre ses lèvres souriantes. André, cramponné aux ferrures du balcon, la contemplait avec une émotion poignante, il ne l'avait jamais vue aussi radieusement belle.

Bientôt elle posa sa plume et se renversa dans son fauteuil.

— Voilà, c'est fait, dit-elle en étirant ses bras, avec quelle joie j'ai travaillé pour lui !

Elle se leva, son peignoir traînant bruissait sur le tapis.

— Déjà trois heures ! dit-elle en remontant sa montre.

Puis elle s'assit au bord de son lit et croisa ses mains derrière sa tête.

— Ah! mon Dieu, comme je l'aime ! dit-elle à demi voix.

— Malheureux que je suis ! murmura le jeune

homme qui se laissa glisser ou plutôt tomber sur le sol.

Puis il s'enfuit sans regarder derrière lui. Il atteignit le mur du jardin et le mesura des yeux. Ce mur était haut et parfaitement lisse. L'escalader était impossible. D'ailleurs André en avait déjà trop fait, sa blessure à peine cicatrisée le faisait vivement souffrir. Il chercha une porte et finit par arriver à une sortie dérobée qui servait spécialement aux jardiniers. Plusieurs verrous et deux tours de clef fermaient la porte, mais la clef était dans la serrure. Il tira les verrous et fit tourner la clef. Sa main tremblait, un frisson courait sous ses cheveux, il lui semblait que tout oscillait autour de lui.

— Adieu ! adieu ! murmura-t-il ; adieu la vie !...

La porte grinça en tournant sur ses gonds ; mais, au moment où André allait la franchir, il se sentit enlacé par des bras de femme et un grand cri retentit à son oreille.

— Clélia !

— Qu'est-ce que tu fais ? où allais-tu ? dit-elle suffoquée par l'épouvante. Je savais bien que j'avais entendu un soupir et un bruit furtif. Mon Dieu ! si j'avais dormi, tu t'enfuyais, tu me laissais là, folle de désespoir ; car ton intention était de t'échapper, n'est-ce pas ? Mais tu veux donc me tuer ? ton amour s'est donc changé en haine ? que t'ai-je fait ? Je n'aime que toi au monde. Toute ma vie est suspendue à la tienne, et tu me fuis sans un mot, sans un adieu. Ah! André! est-ce bien possible, tu as fait cela ?

Elle appuya sa tête sur la poitrine du jeune homme en sanglotant.

— Clélia, dit-il, je vous en conjure, ayez pitié de vous-même ; laissez-moi partir.

— Tu es fou, dit-elle en resserrant son étreinte. Essaye donc de me détacher de toi. Pars si tu veux d'ailleurs, je te suivrai.

— Vous ne pouvez être la femme d'un fils d'esclaves, dit-il en essayant de dénouer l'étreinte qui le brûlait.

— Tais-toi ! tu ne l'es plus, s'écria-t-elle, tes parents sont libres désormais.

— Que dites-vous ?

— Je dis ce qui est vrai. La ferme où tu es né, ce lieu charmant où j'ai trouvé l'amour, elle est à nous ; elle appartient à ton père. Katia est libre, Fedor et Macha sont libres, et le petit garçon qui a de si jolis yeux bleus est libre aussi. Ton père est riche, il me l'a dit. Tu vois bien que nous sommes à présent des égaux et que rien ne s'oppose plus à notre bonheur, excepté ta haine, car il est évident que tu me hais.

5

— Libres ! Vous les avez rendus libres ! Mon
pauvre cher père ! le rêve de sa vie s'est donc
enfin accompli !

— Oui, et le jour où j'allais leur annoncer cette
nouvelle, en leur demandant leur bénédiction, toi
tu t'enfuyais pour échapper à mon amour.

— Est-ce donc bien possible que vous m'aimiez ?

— Viens, dit-elle, l'émotion m'a brisée, je ne
puis me tenir debout. Il y a là un banc près d'un
buisson de jasmins.

Ils gagnèrent le banc et s'y assirent. La lune
les enveloppa de sa lumière. Dans la profondeur
du taillis un rossignol commença son chant tendre
et douloureux, la rosée brillait çà et là sur les fleurs
et sur les cailloux des allées.

— Tu demandes si je t'aime ? dit Clélia après
un instant de silence. A présent je l'ai compris, je
t'ai aimé dès la première minute où je t'ai vu, j'ai
rêvé de toi la nuit même, le lendemain j'étais
jalouse. Pauvre folle, j'ai cru pouvoir jouer avec
le feu, mais le jour où je t'ai vu sanglant sur le
chemin, j'ai senti que ta mort emporterait ma vie
et que pour moi le monde n'existe pas sans toi. Je
parle dans la sincérité de mon âme, je t'aime,
André, consens-tu à me prendre pour femme ?

— Ah ! je savais bien que si elle me parlait je
perdrais tout mon courage, s'écria-t-il en se lais-

sant tomber aux pieds de la jeune fille. C'est trop.
Je ne peux plus lutter. Je l'accepte, ce bonheur
céleste qui s'offre à moi ; mes longues souffrances
me quittent enfin, mon cœur se dilate dans une
joie sans égale. Ah ! Clélia, je t'aime comme un
damné aimerait le pardon de Dieu. Pourtant, un
jour peut-être tu ne m'aimeras plus et tu me
replongeras dans l'abîme ; mai j'aurai au moins le
souvenir du ciel.

— Ecoute, André, lui dit-elle en le baisant sur
le front, le jour où je ne t'aimerai plus, je te
permets de me quitter, et, je te le jure, je suis
parfaitement certaine de passer toute ma vie près
de toi. . . . .

. . . .

Quelques jours plus tard, la maison était pleine
de fleurs et de lumières, de bruit de musique, de
rires et de danses. Clélia Alexandrowna donnait
une fête à laquelle était conviée toute la haute
société de la ville. Le bruit circulait de bouche en
bouche que cette fête avait lieu à l'occasion des
fiançailles de la jeune comtesse avec cet inconnu,
prince selon les uns, moujik d'après les autres, et
dans certains angles des salons on discutait vivement sur ce sujet.

— Un moujik ! laissez-moi donc tranquille,
disait le gouverneur en haussant les épaules ;

il a l'air d'un paysan... tenez, comme moi-même.

— Je sais à quoi m'en tenir, disait Pénoutch-kine, pâle de rage. Il était chasseur sur mes terres...

— Ah! dit Ovnikof qui passait, il a sans doute assisté alors à cette fameuse lutte avec le loup, dont le récit m'a si fort intéressé? Je vais lui demander de me la redire.

Penoutchkine devint pourpre et fit un mouvement pour s'élancer vers Ovnikof, mais il se laissa retenir par ceux qui l'entouraient.

Clélia, en robe de soie blanche coupée carrément sur la poitrine, trois rangs de perles fines au cou, une branche de jasmin dans les cheveux, se promenait lentement d'une salle à l'autre au bras d'André.

Ovnikof s'approcha d'eux et leur tendit une main à chacun.

— C'est donc décidé enfin? dit-il; j'en suis presque aussi heureux que vous, chers enfants, et je vous bénis.

Le général de W... entra dans le salon et vint saluer la jeune fille.

— J'ai une nouvelle à vous apprendre, dit Clélia, tandis qu'il s'inclinait devant elle. Je me suis décidée à vous céder cette métairie qui coupe en deux une de vos propriétés et que mon tuteur s'obstinait à vous refuser.

— Ah ! vous me comblez, vraiment vous me comblez, dit le général.

— Maintenant, permettez-moi de vous présenter André Ivanovitch, mon fiancé, il veut embrasser la carrière militaire et sollicite votre protection. Jeune et follement brave comme il l'est, l'avenir est à lui, et il ne peut manquer de mériter votre estime.

Le général demeura un instant confondu.

— Ma foi ! s'écria-t-il bientôt, il faut savoir supporter héroïquement une défaite. Je ne puis vous en vouloir de m'avoir préféré ce charmant jeune homme. La franchise de son regard me plaît et il peut compter sur moi.

Les deux hommes échangèrent une cordiale poignée de main.

On annonça que le souper était servi. Tandis que l'on passait bruyamment dans la salle voisine, les fiancés, appuyés l'un sur l'autre, purent échanger quelques mots à voix basse.

— Depuis le jour où tu es entrée chez moi, disait André, chaque minute de ma vie, chaque parole sortie de tes lèvres sont restées gravées dans mon esprit.

— Je n'ai rien oublié, moi non plus, dit Clélia. Te souviens-tu, un jour tu m'as dit, en arrêtant sur moi ton beau regard sévère : « Nous ne sommes pas ce que vous croyez, nous battons nos femmes. » Est-ce vrai ? est-ce que tu me battras ?

FIN.

LA BATELIÈRE DU FLEUVE BLEU

1

Dans ce temps, Nankin était encore la capitale de la Chine, la dynastie des Mings florissait. C'était pendant le règne de l'empereur Hoaï-Tsong.

La ville, qui avait sept lieues de tour, était enfermée dans de formidables remparts, si larges qu'il faisait toujours nuit noire sous les triples portes voûtées qui les perçaient de loin en loin. Ces portes étaient surmontées de châteaux-forts et de hautes tours dont les toitures aux bords relevés disparaissaient sous le frissonnement multicolore de banderolles et de drapeaux.

Sur les murailles veillaient des sentinelles; près

des portes, des soldats fièrement campés, appuyés sur leurs lances, questionnaient les arrivants.

L'enceinte de la ville contenait des montagnes, des lacs, des rivières; les rues, larges et droites, bordées de palais superbes, étaient traversées de portes triomphales aux toits sculptés et retroussés. Au loin, on apercevait la haute tour de Li-cou-li, la merveille des merveilles. Cette tour, construite il y a deux mille sept cents ans par les ordres du roi A-You, n'avait d'abord que trois étages; douze cents ans après sa fondation, l'empereur Kien-Ouan la répara et fit sceller dans les murs les reliques de Fo. Les Mongols la brûlèrent mille ans après, mais Yong-Lo la rebâtit, la dédia à l'impératrice-mère et l'appela la tour de la Reconnaissance: *Li-cou-li*. Elle s'élevait très-haut, ayant neuf galeries superposées; ses murs, revêtus de porcelaine jaune, rouge et blanche, brillaient comme les ailes d'un faisan; les neuf toits pavés de tuiles vertes ressemblaient à des émeraudes, et le vent faisait une charmante musique en agitant les mille clochettes suspendues à chaques étage; sur les terrasses s'élevaient les grandes statues des dieux et des génies, et au sommet de la tour une sphère d'or scintillait comme un soleil.

Des jardins ombreux environnaient à cette époque la tour de Li-cou-li cachant de paisibles habi-

tations aux toits très-larges, construites en bois de
cèdre. Des palissades de bambou, percées de
portes treillagées ne fermant qu'au loquet, entouraient ces frais jardins; près de chaque porte
étaient assis, sur un pilier de pierre, deux chiens
chimériques ou deux dragons de bronze ou de bois
vermoulu.

Un soir de la quatrième année de l'empereur
Hoaï-Tsong, un peu avant le coucher du soleil, un
jeune homme souleva le loquet d'une porte et
sortit de l'un de ces jardins. Il vit la place déserte
et marcha rapidement, suivant de près la palissade,
sans prendre garde aux branches pendantes qui
lui frôlaient le visage.

Ce jeune homme était de haute taille, bien fait
de corps, beau de visage; ses yeux noirs, très-
longs, relevés vers les tempes, étaient pleins de
fierté; ses sourcils étaient fins et unis comme du
velours; sa bouche ressemblait à une fleur. Il était
vêtu d'une robe de satin noir ramagée de fils d'or
et serrée à la taille par une ceinture de soie bleue;
sa calotte aussi était bleue.

Il atteignit un autre enclos et s'arrêta.

On n'entendait aucun bruit, si ce n'est celui des
oiseaux se chamaillant dans les arbres. Le cou-
chant empourprait déjà le ciel. Le faîte de la tour
Li-cou-li resplendissait.

5.

Le jeune homme essaya de voir dans le jardin à travers les branches; mais les feuillages formant un rideau épais, il ne vit rien. Alors il frappa ses mains l'une contre l'autre, faiblement d'abord, puis plus fort.

A ce signal, le taillis frissonna, et une jeune fille se montra, ne laissant voir que sa jolie tête, qui faisait une trouée dans le feuillage.

— C'est toi, Li-Tso-Pé? dit-elle avec un sourire plein d'amour.

— Lon-Foo, dit Li-Tso-Pé rapidement, va près du tombeau de tes ancêtres, je t'y rejoindrai; prends par la rue des Lions-de-Fer; je prendrai un autre chemin.

— J'y cours! dit Lon-Foo effrayée par l'air de tristesse empreint sur le visage de Li-Tso-Pé.

Le jeune homme s'éloigna d'un pas rapide et gagna le cimetière. Il y arriva bien avant la jeune fille et s'assit sur une tombe, au pied d'un cavalier de pierre.

De toutes parts, sur les tombes, on voyait des cavaliers semblables à celui auprès duquel Li-Tso-Pé s'était arrêté. Les quatre pieds des chevaux étaient fixés en terre et disparaissaient à demi sous les hautes herbes. Les guerriers étaient représentés en habits de combat, brandissant leurs lances. On voyait aussi de grandes avenues bordées de dromadaires, d'éléphants ou de lions de pierre se faisant vis-à-vis. Toutes ces statues se détachaient en noir sur le ciel rose et bleu pâle, et de grandes ombres obliques s'étendaient sur le sol.

Bientôt une forme svelte et gracieuse se glissa à travers la forêt formée par les jambes, massives ou grêles, des animaux de pierre, elle atteignit la tombe près de laquelle s'était assis Li-Tso-Pé et s'assit à côté de lui.

— Me voici, dit-elle, l'angoisse serre mon cœur, car j'ai vu que ton visage est triste.

— Ecoute, Lon-Foo, dit Li-Tso-Pé, mes parents veulent me marier avec la fille d'un grand magistrat.

— Est-ce possible ? s'écria Lon-Foo en devenant pâle comme les pierres des tombes.

— Je ne veux pas me conformer aux usages qui permettent de prendre plusieurs femmes, continua Li-Tso-Pé ; je ne peux partager mon cœur ; il est à toi tout entier ; mais comment résister à ses parents ?

— Tuons-nous tous les deux auprès de cette tombe ? dit Lon-Foo.

— Non, enfant, dit Li-Tso-Pé, nous sommes trop jeunes pour mourir et notre amour est une source intarissable de joies à laquelle nous n'avons bu encore que quelques gorgées. Qui sait ce que la mort nous réserve ? Vois-tu, j'ai conçu un projet :

je vais m'enfuir ce soir même de ce pays ; je resterai éloigné sans donner de mes nouvelles jusqu'au
jour où celle qu'on me destine sera à un autre
époux.

Lon-Foo ne répondit rien ; elle appuya sa tête
sur l'épaule de son ami et pleura silencieusement.

— Hélas ! dit Li-Tso-Pé, cette séparation est un
malheur, mais elle nous sauve d'un malheur plus
grand. Il faut tâcher de raffermir notre cœur... Je
vais donc te quitter, Lon-Foo, ajouta-t-il avec un
grand soupir en mettant son front dans sa main.
T'entrevoir un instant était ma joie, et je ne vais
plus te voir. Chaque jour sera pour moi comme une
année de souffrances.

Lon-Foo répondit par un sanglot.

— Te souviens-tu de notre première rencontre ?
reprit le jeune homme ; tu étais montée sur un
banc, près de la palissade de ton jardin, pour
atteindre une branche d'hydrangée en fleur. Je
passais sur la place de Li-cou-li. C'était l'automne.
Mes pas ne faisaient aucun bruit sur les feuilles
mouillées. Lorsque tu te retournas, j'étais tout
près ; tu ne pus t'enfuir assez vite, je te vis. Je m'en
allai troublé par un sentiment que je ne comprenais
pas, mais qui m'absorba tout le reste de la journée.

— Je m'en souviens, dit Lon-Foo, je t'avais vu
aussi, et toute la nuit je pensai à toi.

— Le lendemain, je revins, je vis le banc et à terre la branche d'hydrangée que tu avais laissé tomber en m'apercevant. Je passai mon bras à travers la palissade pour essayer de prendre cette branche, je ne pus y parvenir. Alors, j'enjambai la barrière et je sautai dans le jardin. C'est à ce moment que j'entendis un petit cri et que je m'enfuis plein d'épouvante. Quand je passai, le troisième jour, tu étais au milieu de l'allée. Nous échangeâmes un regard, puis un sourire, t'en souviens-tu ? et tu te cachas dans les branches.

— La vie commença ce jour-là, elle finit aujourd'hui, murmura Lon-Foo.

— Depuis, nous nous sommes vus tous les jours, sans souci de la neige ou du soleil, nous parlant par-dessus la barrière de bambou, à travers les branches, ne vivant que pour cet instant où nos mains s'entrelaçaient, où nos regards ne se quittaient pas, où nous échangions nos plus secrètes pensées. Voici que les feuilles tombent des arbres, c'est l'automne. Il y a un an que nous nous aimons.

— Laisse-moi mourir sur ton cœur après cette année de joie, je ne pourrai supporter ton absence. Que ferai-je demain, et les jours suivants ? Chaque feuille de mon jardin me rappellera le passé ; chaque pieu de la palissade sera un poignard pour mon cœur.

— Aimes-tu mieux me voir l'époux d'une autre femme, Lon-Foo ? Ne vois-tu pas ce que je souffre ? Je te quitte pour me garder à toi. Quelque temps de douleur, puis le bonheur de toute la vie.

— Qui sait si celui qui part reviendra jamais ? dit Lon-Foo en sanglotant ; qui sait si lorsqu'il reviendra celle qui reste sera là encore ?

— Que veux-tu que je fasse ? dit Li-Tso-Pé, gagné par les larmes ; parle, ma bien-aimée. Je resterai si tu l'ordonnes.

— Non, non, pars, dit Lon-Foo, le jour de tes noces serait le jour de ma mort. Va, je serai forte, et quoi qu'il arrive, je te le jure sur les mânes de mon père ici couché, rien ne pourra changer mon cœur.

— Au revoir donc, ma bien-aimée, dit Li-Tso-Pé ; le jour va disparaître, il faut rentrer. Jusqu'à l'heure de ma mort, sache-le, chaque battement de mon cœur comptera une pensée pour toi.

Les deux amants se jetèrent dans les bras l'un de l'autre et s'étreignirent violemment, puis il se séparèrent et se rejoignirent encore pour s'embrasser de nouveau.

Lorsque la jeune fille repassa à travers le cimetière, un homme qui priait sur un tombeau magnifique la vit et sembla frappé de sa beauté. Il remarqua ses larmes et crut qu'elle pleurait un parent mort depuis peu. Arrivé hors du cimetière, cet homme fit signe de s'éloigner à une escorte qui l'attendait. Il n'avait pas perdu de vue la jeune fille qui, absorbée dans sa douleur, ne regardait rien. Il la suivit, et lorsqu'elle fut rentrée chez elle, l'homme écrivit sur ses tablettes : Place de la tour de Li-cou-li, la maison des dragons bleus.

II

Lon-Foo était orpheline. Sa mère était morte en la mettant au monde; son père avait perdu la vie dans un combat glorieux. La jeune fille vivait seule avec sa vieille grand'mère et quelques serviteurs. Leur fortune était modeste, mais plus que suffisante pour leurs besoins. Lon-Foo avait dix-sept ans. Elevée par cette grand'mère pleine d'indulgence, elle jouissait d'une liberté plus grande que celle accordée d'ordinaire aux jeune filles chinoises, elle brodait peu, préférant la lecture ou les jeux en plein air; l'appartement intérieur où les femmes ont coutume de se tenir l'étouffait, et surtout depuis le jour où elle avait aperçu Li-Tso-Pé, elle passait son temps au jardin.

La nuit du départ de son bien-aimé, Lon-Foo ne

dormit pas et pleura sans cesse. Aussi, le lendemain matin, lorsqu'elle se regarda dans son miroir
d'acier poli, semblable au disque de la lune, elle
vit qu'elle avait les yeux rouges et gonflés, et pour
ne pas inquiéter sa grand'mère, elle voulut faire
disparaître ces traces de larmes, et trempa à
plusieurs reprises son joli visage dans l'eau
fraîche.

Tandis qu'elle était ainsi occupée, un coup frappé
sur le gong de la porte d'entrée la fit tressaillir.

— Qui donc vient de si grand matin ? dit-elle.

Et elle descendit précipitamment de sa chambre
au rez-de-chaussée. Sa grand'mère était déjà sous
l'auvent de la maison, et deux serviteurs couraient
vers la porte du jardin; mais lorsqu'ils l'eurent
ouverte ils ne virent personne. Seulement, un coffre
de laqué était posé à terre; les serviteurs le ramas-
sèrent et l'apportèrent à leur maîtresse.

— Qu'est-ce que cela ? s'écria la grand'mère en
levant les bras au ciel; qui dit que ce coffret est
pour nous ?

— Il y a une lettre sous le cordon de soie qui
ferme le coffre, dit un serviteur.

Lon-Foo prit la lettre, écrite sur du papier
rouge, et la déplia.

« A la belle Lon-Foo, quelqu'un de puissant
offre ces objets sans valeur, » lut-elle à haute voix.

— Dieu Fo! fit la grand'mère, quelqu'un de puissant! comment peut-il te connaître?

— Je ne sais, dit la jeune fille, c'est sans doute une plaisanterie, et le coffre est rempli de pierres.

— Voyons! dit la vieille en ôtant le couvercle.

Les deux femmes poussèrent en même temps un cri de stupeur : un merveilleux collier de perles de Tartarie était roulé en plusieurs cercles au fond de la boîte, comme un serpent au repos; les perles étaient grosses comme des pois, toutes semblables et d'une pureté sans pareille. Certainement, il eût été impossible de trouver un collier comparable à celui-là dans tout l'empire. Le coffret contenait encore des épingles de tête garnies de rubis et une parure complète : bracelets, agrafes, étuis pour préserver les ongles, en jade vert travaillé à jour avec une perfection exquise.

— Que tout cela est beau! s'écriait la vieille femme en frappant ses mains l'une contre l'autre. Depuis que j'existe je n'ai jamais rien vu d'aussi magnifique!

— D'où cela peut-il venir? se disait Lon-Foo, vaguement effrayée; ce n'est certainement pas Li-Tso-Pé qui m'envoie ce collier qu'une reine seule pourrait porter.

La journée se passa en conjectures, Lon-Foo finit par s'imaginer que des voleurs poursuivis

avaient déposé le coffre devant la porte pour dé-
tourner les soupçons. Elle commença donc, avec
l'aide de sa grand'mère, à composer une lettre où
elle expliquait aux magistrats de la ville ce qui
s'était passé. L'écrit n'était pas encore terminé que
le gong retentit de nouveau, frappé avec violence,
et en même temps une foule de pages, d'écuyers,
de porteurs de lanternes, envahirent le jardin et se
rangèrent en haie de chaque côté de l'allée.

Les deux femmes, stupéfaites, s'étaient avancées
sous l'auvent de la maison. Elles virent venir un
mandarin de premier rang en grand costume de
cour, suivi de deux hommes, l'un portant le parasol
d'honneur, l'autre un sceau de cristal sur un cous-
sin de soie.

Le mandarin alla droit à la jeune fille et plia le
genou devant elle.

— C'est bien toi que l'on nomme Lon-Foo ? demanda-t-il humblement.

— Oui... balbutia Lon-Foo toute tremblante.

— Eh bien, jeune fille plus heureuse que toutes
les femmes du royaume, beauté privilégiée à laquelle
je ne puis parler qu'à genoux, sache que celui dont
tu as reçu ce matin les présents, celui qui m'envoie
vers toi est l'homme devant qui tout ploie et trem-
ble, le maître de notre vie à tous, l'empereur de la
Chine !

— L'empereur! s'écria la grand'mère en s'affais-
sant sur une chaise.

— Oui, le Fils-du-Ciel lui-même! dit le mandarin; il a vu Lon-Foo revenant du cimetière, il a
conçu pour elle une passion violente qui ne lui laisse
plus de repos; il fait savoir à celle qu'il aime qu'il
veut la prendre pour femme, et que demain un cor-
tége magnifique viendra la chercher pour la conduire en grande pompe au palais impérial. J'espère,
ajouta le haut fonctionnaire, que lorsqu'elle sera
l'épouse favorite de notre maître, la belle Lon-Foo
n'oubliera pas le messager qui lui a porté le premier
la bonne nouvelle.

Et, après de nouvelles salutations, le mandarin
s'éloigna sans que Lon-Foo, atterrée, eût prononcé
une parole.

L'ahurissement joyeux de la grand'mère était si
profond qu'elle ne remarqua pas la tristesse et l'é-
pouvante de Lon-Foo. Elle envoya quérir toutes ses
connaissances pour leur apprendre la merveilleuse
nouvelle, et bientôt la maison fut pleine de monde.
Lon-Foo se laissa complimenter sans paraître
apercevoir ceux qui s'empressaient autour d'elle;
elle ne parlait pas et ne regardait pas. On crut que
sa nouvelle position la rendait déjà fière et mépri-
sante.

Lorsque, la nuit venue, Lon-Foo se fut retirée

dans sa chambre, elle se laissa tomber sur une chaise et demeura longtemps immobile, le regard fixé sur le plancher. Tout à coup, elle se leva et sortit de la stupeur qui l'engourdissait.

— C'est à l'instant même qu'il faut agir, dit-elle. Je suis libre encore ; demain, dans ce palais, je serai prisonnière.

Elle entr'ouvrit la porte de la chambre dans laquelle couchait la grand'mère et écouta. Elle entendit une respiration forte et régulière : l'aïeule dormait. Elle s'avança sur le palier et écouta encore. Un silence profond régnait dans la maison. Les domestiques dormaient aussi.

Alors Lon-Foo rentra dans sa chambre, ouvrit quelques coffrets, prit ses économies de jeune fille, une toute petite somme, puis un paquet de fleurs fanées et de lettres, et jeta sur ses épaules une robe de couleur sombre. Elle éteignit la lumière et descendit l'escalier avec précaution. La porte de la maison était fermée intérieurement par une barre de fer que la jeune fille ne put déplacer ; mais elle ouvrit une fenêtre et sauta dans le jardiu. La palissade de bambou ne fermait qu'au loquet. Lon-Foo ouvrit et referma la porte ; puis, à demi cachée par un des dragons recouverts d'émail bleu foncé qui flanquaient l'entrée, elle regarda une dernière fois la petite maison et le jardin.

— Ah ! mon cher Li-Tso-Pé, dit-elle en versant des larmes, je ne reverrai peut-être jamais ce coin de terre où j'ai été si heureuse, mais c'est le ciel qui nous a protégés en ordonnant ton départ ! Quels dangers s'amasseraient aujourd'hui sur la tête du rival de l'empereur !

III

Lon-Foo traversa avec assurance la place de Li-
cou-li et s'enfonça dans une rue. Il faisait une
nuit profonde; le ciel était couvert; aucune lumière ne brillait à aucune fenêtre. La jeune
fille ne savait où elle allait; elle marchait rapidement tâtant le mur de la main, trébuchant
quelquefois, mais ne s'arrêtant jamais; elle
s'engagea bientôt dans un enchevêtrement de ruelles étroites qui ne dormaient pas encore ; on entendait des bruits de voix, des rires; des filets de lumière filtraient sous les portes, les papiers huilés
des fenêtres s'éclairaient vaguement. Lon-Foo, un
peu effrayée, avançait avec hésitation. Cependant,
elle se hasarda à regarder par une fissure à l'intérieur d'une de ces maisons sourdement bruyantes :

elle vit des hommes ivres attablés avec des femmes méprisables. La jeune fille fit un bond en arrière, et s'enfuit plus vite. Tout à coup au tournant d'une rue elle vit briller les lanternes d'une ronde de police.

— Hélas ! s'écria-t-elle, prise par ces soldats, que deviendrai-je et comment expliquer ma présence dehors après la deuxième veille sonnée ?

Elle s'était adossée à une maisonnette obscure et crut entendre à l'intérieur une voix nasillarde qui semblait compter de l'argent, Lon-Foo heurta résolument à la porte, préférant tomber parmi une bande de voleurs qu'entre les mains des hommes de la police qui l'eussent ramenée chez elle.

On ouvrit : la jeune fille entra précipitamment et referma la porte.

— Que viens-tu faire ? s'écria une vieille femme assise sur un monceau de loques et de débris informes ; les femmes de mauvaise vie n'entrent pas chez nous. Je te disais bien de ne pas ouvrir, continua-t-elle en s'adressant à un homme âgé dont la figure hâlée et ratatinée ressemblait à une vieille pomme cuite et qui regardait Lon-Foo d'un air ahuri.

— J'ouvre quand on heurte, dit-il.

— Rassurez-vous, dit Lon-Foo, je suis de bonne famille ; j'ai quitté la maison paternelle pour fuir les mauvais traitements d'une belle-mère. Si j'ai frappé à votre porte, c'était pour éviter la ronde de police.

— Eh bien, attends qu'elle soit passée, dit la vieille avec l'indifférence de quelqu'un trop chargé d'ennui pour prendre intérêt aux malheurs des autres.

— Attends qu'elle soit passée, répéta le vieillard.

Puis tous deux se remirent à compter des pièces de cuivre, qu'ils remuaient à terre du bout des ongles, et ils ne firent plus la moindre attention à Lon-Foo.

La jeune fille regarda autour d'elle. Une lanterne ronde, en papier, aux trois quarts déchirée, posée à terre entre les deux vieillards, éclairait bizarrement la seule pièce dont se composait l'habitation. La terre formait le plancher, les tuiles de la toiture servaient de plafond. Il n'y avait pas de meubles, mais d'étranges monceaux de chiffons et de débris de toute sorte semblant servir de siéges et de tables; sur l'un d'eux étaient posés quelques bols de porcelaine ébréchés. En levant les yeux vers la muraille, Lon-Foo ne put retenir un cri d'effroi, car elle crut voir une rangée de pendus que la lueur de la lanterne faisait tremblotter et sautiller. Elle voyait distinctement les pieds de quelques-uns chaussés de vieilles bottes de satin râpé, d'autres avaient la tête

5··

couverte de chapeaux rabattus jusqu'au menton.
En regardant mieux, la jeune fille s'aperçut qu'il
n'y avait pas de jambes dans ces bottes, ni de têtes
sous ces chapeaux, et que les pendus étaient tout
simplement de vieux costumes fanés, déteints et
rapiécés, mais très-soigneusement disposés le long
de la muraille. Lon-Foo sourit de sa surprise. Une
enseigne dédorée, qu'on accrochait pendant le jour
à la porte de la maison, lui apprit d'ailleurs que ses
hôtes étaient marchands de vieux habits ; elle
reporta les yeux sur les habitants de cette misérable demeure.

Ils remuaient toujours les pièces de cuivre.

— Tu auras beau les compter mille fois, dit enfin
la femme, la somme n'augmentera pas.

— Il manque toujours le quart d'un *liang*, dit
l'homme.

— Oui, et demain le propriétaire de cette maison
nous mettra dehors et prendra nos marchan-
dises.

— Il nous mettra dehors ! répéta l'homme d'un
air consterné.

— Je vais compléter la somme, dit alors Lon-Foo
en tirant une pièce d'argent de sa ceinture, à la condition que vous me laisserez passer la nuit ici et
que vous échangerez contre mes vêtements de soie
un costume de fille du peuple.

Les deux époux levèrent la tête vers Lon-Foo, dont ils avaient oublié la présence; un sourire contracta la face jaune du vieillard, la femme secoua la tête.

— Tu te moques de nous, dit-elle.

— Nullement, dit Lon-Foo en jetant la pièce d'argent parmi les pièces de cuivre; as-tu le costume qu'il me faut?

— Tu es une bonne jeune fille, dit la vieille en se levant vivement, c'est le ciel qui t'a envoyée vers nous.

Elle alla décrocher plusieurs costumes et les montra à Lon-Foo; celle-ci en choisit un à peu près propre, composé d'un large pantalon d'étoffe brune, d'une tunique de cotonnade bleue et d'un vaste chapeau de paille qui pouvait facilement dérober son visage; puis la vieille éparpilla un paquet de chiffons dans un coin de la chambre et les recouvrit d'un lambeau de natte :

— Voici tout ce que je puis t'offrir pour te reposer, dit-elle à Lon-Foo.

La jeune fille s'étendit sur cette couchette rustique.

Bientôt la lumière fut éteinte, et l'on n'entendit plus dans l'obscurité que les ronflements sonores des deux vieillards.

Lon-Foo ne dormit pas. Dès la première lueur du matin, elle se leva, ôta ses vêtements de soie et endossa le costume de fille du peuple; puis sans bruit, elle sortit de la maison.

Le faubourg était désert encore; quelques chiens hâves, furetant dans les ruisseaux, peuplaient seuls les ruelles misérables. La jeune fille se hâta de quitter ce quartier sordide et gagna une large avenue qui descendait vers le fleuve. Bientôt *le Fils aîné de l'Océan* roula devant elle ses ondes d'azur.

Le ciel matinal jetait des reflets argentés sur le fleuve; une brise presque insensible faisait courir un frisson à la surface de l'eau et déformait le mirage d'une pagode située sur la rive. Dans les joncs, des oiseaux aquatiques piaillaient et battaient des ailes; des grues s'envolaient du faîte des arbres en poussant de longs cris, et à l'horizon les hautes montagnes se profilaient vaguement parmi les brumes lilas et roses de l'Orient.

Lon-Foo s'assit sur l'herbe, au bord du fleuve Bleu, et songea. Qu'allait-elle devenir seule, si jeune, ne connaissant rien de la vie? Elle savait jouer au volant, cultiver des fleurs, élever des oiseaux rares, mais elle n'était apte à aucun travail manuel en rapport avec sa nouvelle condition.

Elle tira de sa manche sa petite bourse et la vida sur ses genoux. Quelques *liangs* d'or tintèrent gaiement. C'était quelque chose, mais bien peu s'il lui fallait vivre avec cette somme jusqu'à un changement de règne; elle compta plusieurs fois ses *liangs* et sourit en se souvenant de ses hôtes de la veille comptant et recomptant leurs pièces de cuivre.

A ce moment, Lon-Foo entendit marcher près d'elle. Un homme s'avança jusqu'au bord du fleuve et hêla quelqu'un.

Un cri répondit à son appel et une barque glissant parmi les joncs vint aborder devant lui.

L'homme sauta dans la barque, qui s'éloigna du rivage et traversa le fleuve.

Lon-Foo la suivit des yeux. C'était une de ces embarcations que l'on nomme *chan-pan*, surmontée d'une petite cabine couverte d'une natte de bambou. Cabine qui sert de logis au batelier. Lon-Foo remarqua que celle qui dirigeait le bateau était une femme âgée.

— Elle est vêtue comme je le suis moi-même, se dit la jeune fille, je suis donc costumée en batelière· Voici, d'ailleurs, un métier qui me conviendrait beaucoup.

Après avoir déposé le passant sur l'autre rive, la

barque revint près de Lon-Foo qui se leva et fit un signe à la batelière.

— Tu veux passer ? dit la vieille femme.

— Non, dit Lon-Foo, je veux te demander un renseignement : où pourrait-on acheter un bateau semblable au tien ?

— Tout neuf ?

— Neuf ou vieux, cela importe peu.

— Si j'en trouvais un bon prix, je céderais bien le mien je m'en irais vivre avec mes enfants, dit la batelière ; je me fais vieille et l'humidité ne me vaut rien.

— Vraiment, tu me vendrais ton bateau ! s'écria Lon-Foo joyeusement ; quel prix en veux-tu ?

— Trois liangs d'or, dit à tout hasard la vieille femme.

— Je vais te les donner, dit la jeune fille.

La batelière ouvrit des yeux démesurés, et lorsqu'elle vit briller les liangs elle les saisit vivement, sauta sur le rivage et, après plusieurs saluts, s'éloigna avec rapidité. Elle craignait que la jeune acheteuse ne se ravisât ; elle avait vendu son bateau à peu près le triple de ce qu'il valait.

— Tu trouveras dans la cabine quelques provisions et deux mesures de riz que je te laisse par-dessus le marché ! cria-t-elle de loin.

— Pourquoi s'enfuit-elle si vite ? se dit Lon-

Foo; j'aurais bien voulu lui demander quelques renseignements sur la façon de diriger le bateau.

A ce moment, un paysan arriva au bord de l'eau et sauta dans la barque.

— Allons, vite, dit-il, je suis pressé, passe-moi sur l'autre rive.

Lon-Foo, assez embarrassée, descendit dans le *chan-pan* avec de grandes précautions, puis elle s'assit et prit les rames; mais elle s'en servit avec tant d'inexpérience, que le bateau oscilla, fit mille zigzags et avança fort peu.

— Perds-tu l'esprit? s'écria le paysan avec colère, et veux-tu me faire chavirer?

— Je suis mal éveillée encore, dit Lon-Foo.

Elle atteignit cependant l'autre bord du fleuve, et le paysan, après avoir violemment injurié la batelière, s'éloigna sans payer le prix du passage.

Lon-Foo, sous ces injures, eut envie de pleurer; mais elle se remit bientôt.

— Bah! dit-elle, si cet homme savait que je suis recherchée par l'empereur, il se traînerait à mes pieds le front dans la poussière.

Pendant tout le cours de la journée, la jeune batelière eut plus de peine encore à diriger son bateau à travers les embarcations de toute sorte qui sillonnaient le fleuve; bien des fois elle faillit chavirer; mais le soir elle savait aussi bien que personne conduire un chan-pan sur le fleuve Bleu.

Brisée de fatigue, elle dormit dans la rustique cabane en nattes de bambou, d'un sommeil qu'elle n'avait jamais goûté dans sa jolie chambre de jeune fille.

IV

Pendant ce temps, l'empereur Hoaï-Tsong, irrité de rencontrer des obstacles à l'accomplissement de ses désirs, était entré dans une violente colère; il avait maltraité ses ministres et menacé plusieurs d'entre eux de leur faire trancher la tête si Lon-Foo n'était pas retrouvée dans un délai déterminé. Le palais et la ville étaient donc dans une agitation extraordinaire; des récompenses furent promises à ceux qui donneraient des nouvelles de la jeune fugitive. Des courriers partirent vers toutes les provinces, et bientôt l'empire entier chercha la belle Lon-Foo aimée par l'empereur.

Le bruit de l'aventure arriva jusqu'aux oreilles de Li-Tso-Pé, qui était allé défendre les frontières menacées par les Mongols. Le jeune homme mordu au cœur par l'inquiétude et la jalousie, quitta aussitôt son poste et reprit la route de Nankin.

Cependant on était sur la trace de Lon-Foo ; ses vêtements avaient été retrouvés chez le marchand d'habits, qui avait donné la description du costume pris par elle. On apprit aussi qu'une vieille batelière du fleuve Bleu avait été subitement remplacée par une jeune fille d'une beauté extrême.

L'empereur fut donc informé que celle qu'il cherchait était sans doute cette jeune batelière dont personne ne connaissait l'origine.

Hoaï-Tsong voulut se convaincre par lui-même et sous un déguisement il se rendit au bord du fleuve, à l'endroit qu'on lui indiqua.

Au moment où l'empereur s'approcha du chanpan, Lon-Foo, étendue à l'ombre de la cabine, chantait à demi-voix une chanson qu'elle avait composée en songeant à Li-Tso-Pé. L'empereur prêta l'oreille et entendit ceci :

« Depuis que tu m'as quittée, mon bien-aimé, je n'habite plus sur terre. Pendant le jour et pendant la nuit, l'eau limpide du fleuve Bleu me berce.

« Le souffle de l'automne a changé la verdure en or. Où donc est le temps où nous nous serrions la main à travers les branches, tandis que les feuilles jaunies tombaient légèrement ?

« Tous les trésors de l'empereur valent-ils la douceur de ton regard ? Toute sa puissance, qu'est-elle auprès d'une parole de ta bouche ?

« Où donc es-tu, mon bien-aimé ? Que fais-tu pendant que mes larmes, goutte à goutte, tombent dans le fleuve ? »

— Bien, dit l'empereur lorsque Lon-Foo eut cessé de chanter. Je sais maintenant pourquoi elle s'est enfuie et me dédaigne.

Il entra dans la barque et Lon-Foo se releva vivement.

L'empereur en la revoyant eut un battement de cœur profond et subit. Cette sensation presque douloureuse le combla de joie, car les émotions sont choses rares pour ceux qui ont la toute-puissance.

— Jeune fille, veux-tu me conduire sur l'autre rive ? dit-il.

— Certainement, seigneur, répondit Lon-Foo, n'est-ce pas mon métier de traverser le fleuve à toute heure ?

— Ce métier ne me semble cependant pas digne de toi, dit l'empereur.

— Il me convient beaucoup et je serais incapable d'en exercer aucun autre, dit Lon-Foo, en éloignant le bateau du rivage.

— Ces jolies mains blanches comme le jade ne
sont pas faites pour serrer ces rames grossières.
Ce ravissant visage doit craindre les morsures du
soleil, continua Hoaï-Tsong. C'est à l'abri du
palais impérial qu'il devrait s'épanouir; c'est un
sceptre d'or et de pierreries qui devrait charger
cette main délicate.

En entendant ces paroles, Lon-Foo devint très-
pâle et regarda avec épouvante l'homme assis en
face d'elle.

— Tu te moques, seigneur, dit-elle d'une voix
tremblante, une pauvre paysanne comme moi! Je
serais une tache d'encre sur du satin blanc.

— A quoi bon dissimuler plus longtemps, Lon-
Foo? dit tout à coup l'empereur. Pourquoi me fais-
tu souffrir depuis deux mois? Pourquoi te caches-
tu quand je te cherche en bouleversant tout
l'empire?

— Dieu du ciel! tu es l'empereur!... s'écria
la jeune fille, qui lâcha les rames et joignit les
mains.

— Pour tous, je suis l'empereur, dit Hoaï-Tsong;
pour toi, je suis seulement un homme qui t'aime.

— Aie pitié de moi, grand empereur! s'écria
Lon-Foo en se jetant à genoux.

— Quoi donc! dit Hoaï-Tsong, est-ce ainsi que
tu accueilles mon amour!

— Je ne suis pas digne de cet amour, dit la
jeune fille, l'honneur que tu me fais m'écrase. Je
t'en conjure, ne t'occupe plus de moi.

— J'ai entendu ta chanson tout à l'heure, dit
l'empereur en fronçant le sourcil ; pour la première
fois j'ai connu la jalousie. Ton bien-aimé est loin,
disais-tu, il serait mort si je savais son nom : efface
ce nom de ta mémoire et essuie tes larmes ; je vais
te conduire dans mon palais et te placer parmi mes
épouses. La résistance est inutile, je suis le maître
et je t'aime.

— Hélas ! murmura Lon-Foo, je suis perdue !

L'empereur fit un signe et aussitôt les rivages se
couvrirent de monde, une musique joyeuse éclata
soudain, des jonques pavoisées, ouvrant comme
une aile leur grande voile en natte de bambou, s'a-
vancèrent de tous côtés, chargées de mandarins et
de hauts fonctionnaires en costumes de céré-
monie.

En se voyant la prisonnière de cette foule, sou-
mise à l'empereur, Lon-Foo, désespérée, leva les
yeux au ciel.

— Mon cher Li-Tso-Pé, s'écria-t-elle, Dieu
veuille que nos âmes se rejoignent un jour,
car dans ce monde nous ne nous reverrons
plus !

6

Et d'un bond elle s'élança dans le fleuve.

L'empereur poussa un cri terrible.

Les jonques arrivèrent rapidement, plusieurs hommes se jetèrent à l'eau et plongèrent. Hoaï-Tsong ne quittait pas des yeux la place à laquelle Lon-Foo avait disparu.

— Là, cherchez là... disait-il.

Les plongeurs reparurent, puis plongèrent de nouveau.

Plusieurs minutes s'écoulèrent qui semblèrent des siècles aux assistants. L'empereur trépignait de rage et de douleur.

Ce ne fut qu'au bout d'une heure que l'on ramena la jeune fille à la surface de l'eau. Elle avait cessé de vivre.

Au moment où le cadavre de Lon-Foo était déposé sur le rivage, un guerrier tout armé arriva au grand galop de son cheval ; il mit pied à terre et se fit jour à travers la foule.

En apercevant Lon-Foo étendue sans vie sur la rive, il poussa un cri déchirant et se précipita sur e corps de la jeune fille.

— Ah ! ma bien-aimée, s'écria-t-il, tu as tenu ta parole, tu es morte pour me rester fidèle, et voici que tu es comme une fleur du printemps surprise par la gelée blanche : je n'aurais pu te sauver de l'amour d'un empereur, mais j'arrive assez tôt pour mourir avec toi ; ta main est tiède encore, ton âme attend son compagnon de voyage et voltige auprès de nous. Ne sois pas impatiente, ma douce Lon-Foo, me voici !

Un instant on vit briller un glaive, puis un ruisseau de sang coula sur le sol.

— Je ne demande qu'une grâce à l'empereur, qu'il me fasse ensevelir auprès de celle qui est morte pour moi ! dit Li-Tso-Pé en expirant.

L'empereur se tenait debout, les bras croisés, mordant ses lèvres, cachant sa colère et sa douleur à toute cette foule. Il regardait avec une haine jalouse le cadavre de ce beau jeune homme qui lui avait été préféré par la seule femme qu'il eût aimée.

— Faut-il accéder au désir du mort et faire enterrer les deux amants côte à côte ? demanda un mandarin.

— Non, je le défends ! dit l'empereur d'une voix brève.

Puis il s'éloigna et rentra dans son palais.

Peu de temps après cette aventure, les Mongols envahirent le territoire de la Chine. Hoaï-Tsong, détrôné, se tua. Ce fut le dernier souverain de la dynastie des Mings.

On peut voir encore, dans le vieux cimetière de

Nankin, les sépultures de Lon-Foo et de Li-Tso-Pé. Chacune des deux tombes est ombragée par un magnifique acacia. Elles sont assez éloignées l'une de l'autre, mais les deux arbres ont étendu leurs branches qui se sont rejointes et entrelacées.

FIN.

L'ILE DÉSERTE

Ce soir-là, le sourcil contracté, la bouche gonflée par une moue furieuse, je traînai un sac de cuir et une épaisse couverture de laine sur le pont de l'*Imogène* et je me couchai avec des mouvements maussades, le corps dans la couverture, la tête sur le sac.

Depuis que l'*Imogène* avait quitté Le Havre pour se rendre à New-York, c'est-à-dire depuis sept jours, je n'avais pas eu précisément ce qu'on est convenu d'appeler le mal de mer. Je ne m'étais vu que deux ou trois fois réduit à de regrettables extrémités; j'avais seulement été la proie d'un malaise vague, indéfinissable ; mais ce soir-là la marche assurément bizarre de l'*Imogène*, ayant

commencé à produire sur mon cœur un effet plus
spécial, je m'étais hâté de sortir de ma cabine et
d'aller chercher dans l'air vif et froid de la nuit
un soulagement à mes maux.

Je me suis bien souvent demandé depuis, comme
je me le demandais à ce moment, par quelle suite
de transitions absurdes l'idée d'aller en Amérique
s'était glissée dans mon esprit, je n'avais nul
besoin de faire ce voyage, c'était une fantaisie
d'oisif que je maudissais déjà.

Néanmoins j'allais à New-York, mais à vrai
dire sans enthousiasme. Ainsi celui qui s'élance
du haut des tours de Notre-Dame doit se repentir
à moitié chemin.

Le corps dans la couverture, la tête sur le sac,
je ne tardai pas à m'endormir, mais d'un sommeil
étrange, transparent, assez semblable à ce qu'on
raconte de la catalepsie et qui était sans doute le
résultat des quatre pilules d'opium que je ne
manquais pas de prendre chaque soir depuis mon
embarquement, selon la prescription de mon ami
le docteur Delton. Dans cet état d'engourdisse-
ment lucide il m'arriva d'avoir une vision — si je
puis appliquer ce mot banal à un cas aussi excep-
tionnel — une vision, dis-je, dont les moindres
détails se gravèrent dans mon esprit avec une
profondeur telle, qu'aujourd'hui encore je puis

raconter, sans rien omettre ce que je vis et ce que j'entendis.

Il me sembla d'abord assister au commencement d'une tempête qui ne tarda pas à devenir des plus violentes. Les marins s'agitaient en tumulte ; le capitaine en passant près de moi jura. Bientôt les passagers montèrent en grand nombre, sur le pont, tirés de leur sommeil, ou selon leur tempérament de la contemplation mélancolique de l'intérieur des cuvettes par un tintamarre prodigieux. Il y eut d'abord un craquement propre à glacer les cœurs des plus braves, horrible et sec comme si le bateau s'était ouvert de haut en bas ; ensuite, l'*Imogène* s'étant arrêté, ou du moins ayant ralenti sa marche, on entendit le clapotement d'une des roues devenue inutile, qui continuait à tourner en l'air. Non loin de moi on traînait des chaînes ; un homme à tour de bras sonnait la grosse cloche d'alarme et le canon lui-même mêla sa voix au tumulte. Épouvantable musique : le ronflement de la tempête semblait sortir de quelque gigantesque contre-basse, tandis que les vagues battaient la mesure sur la coque du navire, et parmi le bruit de l'orage et des manœuvres s'élevaient les malédictions de l'équipage, et je distinguai ces mots répétés par cent voix diverses : Nous sombrons ! nous sombrons !

C'était l'heure glaciale ou l'océan s'éclaire de la première lueur du jour, mais je ne pense pas qu'aucun passager ait songé à mettre sur le compte du froid le claquement irrésistible qui s'empara unanimement des mâchoires.

— Qui héritera de ma tante ? criait un gros monsieur vêtu seulement d'un large pantalon à carreaux noirs et d'une montre qui se balançait entre ses jambes au bout d'une grosse chaîne.

Une femme faisait une scène à son mari.

— Homme sans cœur, disait-elle, c'est toi qui m'as arrachée à mes foyers pour me conduire à ma perte ! Il ne te suffisait pas de me faire souffrir pendant ma vie, tu as voulu que je meure de ta main.

— Mais, ma chère amie..., essayait le mari.

— Mourir, reprenait la dame en agitant ses bras, mourir à la fleur de l'âge, lorsque nous commencions à jouir d'une honnête fortune ! et le tapis de ma chambre qui est tout neuf !

Plus loin, une vieille demoiselle, les doigts crispés, la bouche tordue, les yeux fermés par les larmes, baisait avec désespoir les mains rudes d'un matelot et criait d'une voix glapissante : — Monsieur, je ne veux pas me noyer ! je suis une honnête fille ! Monsieur le marin, j'aime mieux descendre.

Le matelot la repoussa d'un coup de coude, ce qui la fit rouler sous une banquette, et là elle continua ses piaulements de poulet plumé vif. Près du mât, éclairés par la lueur pâle du matin, deux amoureux profitaient de l'occasion pour s'embrasser en cachette et se disaient avec des yeux humides : Mieux vaut mourir ensemble que vivre séparés. Et les parents, aveuglés par l'épouvante, les laissaient faire et dire.

C'était vraiment un spectacle navrant : ces femmes vaincues par l'effroi, oublieuses de toute coquetterie, ces femmes dont le chignon n'avait aucune tenue, et ces hommes atterrés qui n'y prenaient point garde.

Quelques personnes stoïques avaient encore le mal de mer.

Quant à moi-même je commençais à maudire de tout mon cœur les pilules préparées par mon ami le docteur Delton, qui me valaient un si épouvantable cauchemar. Car, ainsi qu'il arrive en rêve, j'étais persuadé que tout ce que je voyais, n'était que de fausses apparences, mais j'étais impuissant à rompre ce triste enchantement. Une pesanteur horrible dans tous mes membres me tenait comme cloué au plancher du pont; et le rêve continua.

On était perdu.

6.

J'entendis le second dire au capitaine :

— Quatre pieds d'eau dans la cale. Les pompes ne fonctionnent plus. Si cela continue, dans dix minutes...

Le second n'acheva pas, mais il fit un geste qui ne voulait pas précisément dire que l'*Imogène* fût destinée à s'enlever dans les airs.

Le désespoir des passagers était à son comble ; je me promis de ne plus accorder aucune confiance au docteur Delton. Lorsque quelqu'un passait près de moi, je souhaitais qu'il me marchât sur le corps ; cela m'aurait peut-être éveillé.

Mais tout à coup, au loin, un coup de canon retentit comme une réponse aux appels désespérés de l'*Imogène*. Puis, un navire se montra peu éloigné ; le sifflement de sa machine se fit entendre, et je vis la joie éclater brusquement autour de moi. D'après ce que j'entendais dire c'était un paquebot de la Compagnie Anglaise qui fait concurrence à la Compagnie transatlantique ; il avait dû partir du Havre pour l'Amérique quelques heures après nous. Il s'avançait rapidement et, comme la tempête depuis le jour s'était un peu calmée, une conversation pût s'établir entre les capitaines des deux bords, laquelle eut pour conclusion qu'on transporterait sur-le-champ l'équipage de l'*Imogène* à bord du navire si miraculeusement survenu. Les

matelots eurent grand'peine à contenir l'impatience
des passagers qui voulaient, tous ensemble, entrer
dans les chaloupes, et à les empêcher de se noyer.
La mer, encore mauvaise, rendait assez difficiles
les opérations du débarquement et de l'embarquement, d'autant plus qu'il était urgent de les accom-
plir en toute diligence, car notre navire pouvait
sombrer d'un moment à l'autre. Enfin, le transport
fut effectué, et le paquebot anglais continua son
chemin. L'*Imogène*, démâtée, brisée, à moitié submergée, flottait à la merci du vent et des flots, et
j'étais seul dans le navire abandonné.

Seul, non. Un gros anglais, milord Campbell,
très flegmatique d'ordinaire et qui, depuis sept
jours, dînait prodigieusement en face de moi,
sortit de l'escalier des cabines avec une précipita-
tion qui, de sa part, m'étonna; il était d'ailleurs
dans une tenue irréprochable.

— Oh! oh! dit-il, en se rendant compte de la
situation, il est peut-être trop tard.

Cependant, sans hésiter, il se jeta à l'eau.

La mer était houleuse. Le paquebot anglais
était déjà bien loin. Je considérais la noyade
de milord Campbell comme absolument infail-
lible.

Tel fut le dernier incident de mon rêve. Le
froid incisif et mouillé qui me glaçait sous ma cou-

verture commençait à me tirer de mon sommeil. Un paquet de mer me tomba sur la tête, et j'avalai malgré moi, quelques gorgées horribles d'eau amère; ceci m'éveilla tout à fait; et, toussant, éternuant, bougonnant, grommelant, je descendis, ou plutôt je dégringolai dans ma cabine, en traînant mon sac de cuir et ma couverture de laine.

Quelques heures plus tard, ganté de gris, cravaté de rose, parfumé, charmant, je montai sur le pont. C'était le moment de mon apparition quotidienne. J'avais un livre à la main. Nonchalamment, je m'avançai vers un banc où j'avais coutume de m'asseoir le matin pour lire et rêver sous le soleil. L'air était très-doux; je m'assis, je feuilletai le livre, puis je... je... je... puis j'ouvris démesurément les yeux, la bouche, les mains! et demeurai stupide.

Je n'avais pas rêvé: le navire n'avait plus ni mâts ni cheminées; il penchait affreusement vers la mer, et, sur le pont, il n'y avait que moi.

La tempête, les gémissements, l'arrivée du paquebot sauveur, le transport des passagers, tout ce que j'avais vu en songe avait eu lieu en effet. Moi seul, vaincu par le narcotique, je n'avais pas participé à la miraculeuse délivrance, et j'étais réservé à l'horreur d'un trépas solitaire.

Aussi loin que s'étendait mon regard, je ne voyais autour de moi qu'une immense mer redevenue calme, où l'*Imogène* n'était plus qu'une épave prête à s'engloutir.

Tremblant, glacé, échevelé, je me mis à bondir comme un fou, d'un bout à l'autre du navire. Que résulta-t-il de cette course éperdue ? La conviction que j'étais seul en effet, ou à peu près, car je rencontrai un singe sans queue et un perroquet déplumé, abandonnés comme moi à la cruauté de l'Océan.

Je descendis aux pompes. La cale était pleine d'eau. L'allégement inattendu produit par le départ des passagers avait retardé le plongeon, mais l'eau ne cessait d'entrer, quoiqu'avec peu de violence, et le plongeon était inévitable.

C'est avec cette aimable conviction que je remontai sur le pont, et que je revins m'asseoir épuisé, hébété, sur mon banc, d'où je considérai longtemps et mélancoliquement la coque disloquée de l'*Imogène* et les vagues miroitantes.

Cependant, vers midi, je fis un soubresaut prodigieux ; j'avais entendu un coup de sonnette ; le bruit sortait de l'escalier de l'entrepont.

Non ! jamais domestique ne s'est précipité aussi vivement que moi à l'appel de son maître. Je me trouvai en trois bonds devant la porte d'une cabine fermée, la seule fermée, car toutes les autres étaient grandes ouvertes, encombrées de sacs et de paquets abandonnés.

— S'il vous plaît, préparez-moi mon chocolat, dit derrière la cloison, une voix douce, avec un léger accent britannique.

Je reconnus immédiatement la voix de milady Campbell, ma voisine de table d'hôte, une charmante anglaise que j'adorais depuis mon départ, n'ayant rien de mieux à faire.

Je n'étais donc pas seul! Une autre victime était destinée au même supplice! Cela me remit un peu.

— Faites-le plus épais que d'ordinaire, continua milady Campbell; du reste, prenez celui-ci; je n'aime pas le chocolat du paquebot.

En même temps une main fine et pâle me tendit une livre de chocolat dans sa double enveloppe de papier d'argent et de papier bleuâtre.

Puis, la porte se referma.

Le chocolat à la main, je demeurai immobile, ne sachant comment annoncer le désastre à l'infortunée jeune femme. Je résolus d'user de quelque ménagement.

— Milady, insinuai-je, milady, nous sommes perdus, nous sombrons.

— Ah! ah! c'est vous, monsieur de Puyroche,

dit milady, qui reconnut ma voix, milord est-il éveillé ?

— Milord est noyé, madame.

— En vérité! reprit-elle en riant; et mon chocolat ?

— Il est dans ma main.

— Eh bien, je vous prie de le remettre au domestique ou au cuisinier, si vous avez la bonté.

— Il n'y a plus de domestique ni de cuisinier, madame !

— Alors, savez-vous faire le chocolat, monsieur de Puyroche !

— Avec quelle joie j'aurais appris à le faire pour vous être agréable, milady! Mais la cuisine est submergée, et les fourneaux se sont éteints dans l'eau salée.

— Oh! n'importe, dit-elle; j'ai ici un petit système à l'esprit-de-vin.

— Et milady sortit en riant de sa cabine, limpidement jolie, comme toujours. Des cheveux d'un blond pâle, très-longs, bouclés à peine, roulaient sur ses épaules; un ruban de velours bleu les relevait sur le front. Elle portait une vaste jupe de mousseline rose, brodée de noir, qui laissait voir dans la transparence de l'étoffe des pieds minces, chaussés de pantoufles rouges et le commencement fluet et rond de la jambe. Au-dessus de la jupe, une veste de drap bleu clair scintillait, couverte de soutache d'or où les cheveux s'accrochaient quelquefois. Des colliers multicolores tournaient autour du cou de milady et de longues boucles massives se balançaient à ses oreilles. Mes yeux considérèrent un instant la jeune femme, éblouis et inquiétés par ce charivari de couleurs. Mais, au moment où elle frottait une allumette contre la cloison pour allumer la mèche de sa mécanique à esprit-de-vin, je revins au sentiment de la réalité et je m'écriai d'une voix persuasive et dramatique.

— Madame, suivez-moi ; venez vous convaincre de l'affreuse vérité.

Milady releva gracieusement sa robe et mit le bout de son pied sur l'allumette.

— Monsieur de Puyroche, me dit-elle, j'ai ce matin un très-grand appétit ; mais puisque vous y tenez si fort, je veux bien aller voir le point de vue.

La jeune femme passa devant moi, et tandis qu'elle montait l'escalier, les bouts parfumés de sa ceinture touchèrent doucement mes lèvres.

En mettant le pied sur le pont, milady Campbell fut bien forcée d'être étonnée.

— C'est donc véritablement un naufrage ? dit-elle en me regardant avec une légère inquiétude.

— Complètement, madame.

— Mais que sont devenus les passagers ?

— Ils ont été transportés à bord d'un autre navire.

— Et milord ?

— Il s'est jeté à l'eau, madame, et s'est noyé.

— *All right!* dit milady, et vous-même pourquoi êtes-vous resté ?

— Parce que vous n'êtes pas partie, dis-je d'abord, mais j'éprouvai une espèce de honte d'un mensonge aussi invraisemblable, et je ne tardai pas à faire à milady un récit plus sincère des événements.

— Qu'allons-nous devenir ? demanda-t-elle lorsque j'eus achevé.

— Nous sommes, dans ce moment, le repas probable de quelque requin famélique, et, dans deux ou trois heures, nous serons à souper... comme Polonius ; à moins cependant, qu'accrochés à un bout de planche, nous ne chevauchions désespérément sur les vagues.

Je frissonnai en parlant ainsi ; l'Anglaise se retourna vers moi.

— Ce que vous me dites est-il absolument certain ?

— Hélas, madame !

— S'il en est ainsi, permettez-moi de vous faire mes adieux et laissez-moi pour mourir me retirer

dans ma cabine, ce qui sera, je pense, plus con-
forme aux convenances.

A ces mots milady Campbell me salua et redescendit l'escalier. Je la suivis espérant la retenir,
mais j'insistai vainement ; elle me ferma au nez
la porte de sa cabine.

Etre deux pour mourir, c'est une consolation
relative sans doute, mais à laquelle on tient surtout
lorsqu'on ne peut pas en espérer d'autre. Le
danger partagé semble moins formidable ; on est
en même temps protecteur et protégé ; on soutient
et on s'appuie. Ainsi, la nuit dans une forêt pleine de
bruits silencieux et de présences invisibles, si l'on
traverse à deux les allées noires et humides, on se
recommande l'un de l'autre, puis on est acteur et
public ; il faut bien étonner son compagnon par la
bravoure sans pareille dont on fait preuve dans le
danger ; et la vanité distrait de la terreur. Mais
lorsque, seul, on enfonce les pieds dans la terre
froide, lorsqu'on ne voit plus le ciel, et qu'on est
de toutes parts pris par l'obscurité, le cœur se
livre à des battements exagérés ; le regard, timidement effleure les grandes masses noires des
arbres, puis se tourne brusquement d'un autre
côté. — Mais, de toutes parts, c'est aussi noir,
aussi inquiétant, et l'on ne regarde plus ; on
rentre ses yeux comme font les colimaçons. Alors

si une feuille descend en ricochant de branche en branche, on fait un soubresaut horriblement douloureux. « Allons, se dit-on, c'est sans doute une feuille qui tombe et rien de plus » ; on continue sa marche en essayant de penser à des choses joyeuses, au grand soleil, à la plaine claire et unie où le regard peut s'étendre au loin, à un air de musique qu'on connaît et qu'on se redit tout bas ; mais un oiseau réveillé s'envole lourdement, et de nouveau l'épouvante vous saisit. — Au moins si l'on avait emmené son chien ! Cette idée me rappela qu'il y avait sur le pont un singe sans queue et un vieux perroquet déplumé. Je me dirigeai vers ces tristes compagnons de mon infortune : le singe était mélancoliquement assis sur un tonneau et grignotait avec rapidité quelque chose qu'il retournait dans ses petites mains bleues ; le perroquet se promenait autour du singe en lui disant mille choses incomprises ; je ne pus m'empêcher de penser que cet oiseau ressemblait singulièrement à un célèbre compositeur de musique. Mais ni le perroquet ni le singe ne semblaient disposés à recevoir l'épanchement de mon âme désespérée.

Je considérai la mer devenue ironiquement calme, le ciel lumineux, le soleil moqueur, puis le navire brisé qui faisait si piteuse mine au milieu de toute cette joie. Il était lamentable à voir avec ses mâts déchiquetés, dont les débris jonchaient le pont; avec ses cordages rompus, qui rampaient comme des tronçons de serpents entre la chaudière effondrée et les bagages culbutés. J'étais pitoyable moi aussi, frisé, parfumé, élégant, au milieu de cette ruine menaçante et je me mis à pousser des gémissements et des cris, puis à appeler de toute la force de mes poumons. Appeler qui ? personne ne pouvait venir. Je devenais stupide. La peur me torturait affreusement. La peur est une sensation que vous ne connaissez sans doute pas, lecteur héroïque, mais qui n'est pas pour moi une étrangère ! Par elle, l'estomac se serre et devient froid comme si subitement un bloc de glace y était introduit, l'intérieur des mains devient humide, les jarrets ont des faiblesses inconnues et exécutent un trémolo rapide que les dents ne tardent pas à imiter, les doigts serrent fortement ce qu'ils tiennent tandis que les pieds se crispent, si les bottines le permettent.

Cependant je m'efforçais de résister à l'effroi, je tâchais de me rassurer :

Il est impossible, pensais-je, que je fasse réellement naufrage, et que je me noie sérieusement. Ces aventures peuvent arriver aux gens dont c'est le métier. Que ceux qui sont nés mousses, se noient capitaines; c'est parfait. Mais à un homme bien

mis, charmant, né rue de la Chaussée-d'Antin,
intime avec tous les chevaux célèbres et avec toutes
les danseuses à la mode, qui reconnaît à vingt pas
si un paletot est de Renard où de Dussautoy, mais
qui distingue mal une corvette d'une frégate, cette
chose, se noyer, ne doit arriver que pendant cinq
minutes, aux bains Henri IV. Comment se pourrait-
t-il que moi qui fus naguère l'oracle du café Anglais
et l'ornement des premières représentations, je sois
dans quelques jours le héros d'un fait-divers ainsi
conçu : « Un affreux événement, etc... » Ces énor-
mités-là n'arrivent pas à un monsieur qu'on a vu se
promener sur le boulevard.

On a dû remarquer mon absence parmi les
passagers sauvés ; on va venir à mon secours ; un
navire ne peut manquer d'apparaître, ou tout au
moins une chaloupe viendra me chercher.

Un peu réconforté, j'allai prendre une longue-
vue dans la cabine du capitaine, et je me mis à
examiner l'horizon, mais rien ne venait, et rien ne
vint. Et la nuit approchait, la nuit horrible ; j'allais
être seul en face de la mort, dans l'obscurité ; mes
dents s'entre-choquaient à se briser. Si, du moins,
j'avais pu faire sortir milady de sa cabine ? Une
idée me vint, je saisis un baquet et le remplis
d'eau. Je descendis l'escalier, puis arrivé devant la
cabine de milady, je puisai l'eau du baquet dans

mes deux mains et la lançai violemment contre la porte, tout en poussant de profonds soupirs, comme un homme qui accomplit un travail pénible.

Après quelques instants de ce manége j'en-tendis la voix de milady.

— Que faites-vous donc, monsieur de Puyroche? dit-elle.

— Madame, m'écriai-je pathétiquement, l'eau gagne! La voici qui assaille les cabines. Sortez vite, je vous en conjure. J'essaie en vain de lutter contre ce flot implacable, de vous défendre, de prolonger votre vie de quelques minutes. Je vais être vaincu; j'ai déjà de l'eau jusqu'aux genoux; bientôt elle m'emplira la bouche et je ne pourrai plus vous parler!

— Je vous remercie de vous inquiéter ainsi de moi, dit la jeune femme d'une voix émue. Mais puisqu'il faut mourir, à quoi bon prolonger l'agonie? Je suis prête à partir. Au revoir, monsieur, nous nous rejoindrons tout à l'heure.

Le sang se glaça dans mes veines.

— Milady! chère milady! criai-je, y pensez-vous? Mourir ainsi enfermée, mourir enterrée déjà! Venez jouir une heure encore de l'air, du soleil, du vent; venez mourir au grand jour! que vos beaux yeux, tant qu'ils auront un regard contemplent le ciel pur, la mer glauque, l'espace, l'immensité, qui sont des

choses sublimes à ce qu'on dit, bien que moi je
leur préfère de beaucoup l'angle d'une rue ou la
perspective d'un faubourg ; venez ! dans le vol des
mouettes, vous croirez voir les anges blancs des-
cendus pour recevoir votre âme.

Après ce beau mouvement lyrique, j'envoyai tout
le contenu du baquet contre la porte. Milady poussa
un petit cri ; je crus avoir réussi, mais elle me dit
très-vite :

— Laissez-moi, monsieur, retirez-vous ; laissez-
moi me recueillir pour ce rude moment.

J'eus beau prier et supplier, je n'obtins plus aucune réponse, je remontai sur le pont, car j'étais
plus effrayé que jamais, sous le plafond bas du
navire. Le grand air me remit un instant, j'obser-
vai la mer, il me sembla impossible que cette émeraude liquide eût de mauvaises intentions. Mais le
soleil touchait l'horizon ; son disque était déjà un
peu écorné ; désormais le soir était proche. Mon
épouvante ne connut plus de bornes. Je me mis à
courir avec une vitesse insensée, criant, gémissant,
m'arrachant les cheveux, tendant les bras vers le
soleil pour le supplier de demeurer encore un instant ! Vaine prière. Tout à coup il plongea, et il ne
resta plus qu'une grande lueur à l'occident. J'étais
atterré. Bientôt la lueur elle-même s'éteignit,
les nuages dorés pâlirent, puis devinrent gris,

puis noirs, et la mer s'assombrit comme le ciel. C'était la nuit tant redoutée ; le vent levé depuis quelques heures, devenait furieux. Les restes du navire filaient rapidement. J'eus peur d'être emporté par le vent ; j'entrai dans la cabine du capitaine, et m'appuyant près d'un débris de table, je cachai mon front dans ma main. Alors commença un supplice sans nom. Ahuri d'effroi, ballotté en tous sens par la houle, je me raidissais contre les brusques engloutissements du navire dans des gouffres d'où je ne me sentais pas remonter.

Il me semblait descendre les degrés d'un escalier gigantesque qui conduisait au tombeau. Malgré moi je me remémorais toute ma vie, j'en revoyais les scènes principales avec une netteté qui ne contribuait pas peu à m'épouvanter, car j'avais entendu dire que ce diorama rétrospectif passait devant les yeux des gens près de mourir de mort violente. Je pensais à mes amis, à ma famille un peu sermonneuse, à mon cheval favori, à un divan de ma chambre spécialement affectionné par moi ; et, pris subitement d'un attendrissement irrésistible, je me mis à pleurer à chaudes larmes. Puis, accablé de fatigue, affaibli par le jeûne, malgré le danger, malgré la mort qui me guettait, je m'endormis. Bienheureux sommeil ! car, dans cette nuit horrible j'aurais expiré de terreur.

Je me réveillai en sursaut dès la première clarté de l'aube. Le poignet sur lequel je m'étais appuyé était tout engourdi. J'avais la tête lourde, les yeux gonflés. Je sortis et je regardai autour de moi : la mer était couverte de vapeur; le paquebot courait toujours avec rapidité, mais il ne semblait pas s'être enfoncé davantage. Je repris une sorte d'espoir.

Il faudra bien que j'arrive quelque part, me disais-je, puisque je ne sombre pas.

Je résolus d'examiner soigneusement le navire pour voir s'il n'y avait pas quelque remède à apporter à ses avaries ou quelques précautions à prendre. Après de longues recherches, je découvris une large brèche dans la coque de l'*Imogène* et je m'expliquai alors pourquoi le bâtiment n'avait pas continué à s'enfoncer : l'ouverture s'était trouvée primitivement au niveau de l'eau, mais, à raison de l'allégement causé par le départ des passagers, elle était remontée de beaucoup au-dessus du niveau de la mer, de sorte qu'à moins d'une vague sautant plus haut que les autres, l'eau n'entrait pas. Néanmoins je bouchai le trou béant du mieux que je pus et je jetai par-dessus bord toutes les choses inutiles et pesantes.

Comme j'achevais cette besogne, j'entendis en passant par l'entrepont, d'affreux glapissements

6··

de volailles; et baissant les yeux j'aperçus une grande quantité de poules et poulets vivants enfermés dans des paniers d'osier. Je compris que ces pauvres bêtes n'avaient pas mangé depuis longtemps et je leur distribuai largement des poignées de graines puisées dans un grand sac entr'ouvert, puis je songeai à manger moi-même, car depuis deux jours j'avais oublié ce détail.

Je trouvai sans peine des vivres en abondance et, après m'être rassasié, je pensai que milady devait mourir de faim. Je descendis vers sa cabine, une tranche de jambon et un morceau de biscuit à la main.

— Madame, dis-je, grâce à mes rudes travaux, les plus grandes avaries sont réparées, et nous sommes à peu près en sûreté sur les restes du navire. Il faut prendre des forces, et se préparer aux événements. Mangez... mangez, milady ! La religion défend le suicide. Pour ne pas vous effaroucher, ajoutai-je, je dépose votre nourriture à votre porte, et je m'en vais.

Je revins en effet sur le pont, étant décidé à être très-froid avec milady.

Rien de nouveau ne s'était produit; l'horizon était toujours aussi désert; le navire marchait toujours dans la même direction, car le même vent soufflait; et la journée s'écoula, monotone; je m'arrangeai de façon à bien passer la nuit. J'étais presque tranquillisé; je ne dormis pas trop mal, tout étonné de mon héroïsme. Dès l'aurore, je sautai sur le pont, et j'explorai du regard l'horizon avec anxiété. Rien, le ciel et l'eau seulement; le bateau filait toujours.

— Si cela continue, pensai-je, nous arriverons tout de même en Amérique.

Je portai sa nourriture à milady. Je lui conseillai même d'aller prendre un peu l'air pour sa santé, ajoutant que pendant sa promenade je m'enfermerais à mon tour pour ne pas la gêner.

— Merci, mon cher geôlier, me répondit-elle assez doucement.

— Bon, pensai-je.

Et j'allai me cacher dans la cabine du capitaine. Milady ne tarda pas à sortir. Je vis qu'elle me cherchait des yeux; mais je ne parus pas, résolu que j'étais à lui tenir rigueur.

Rien d'intéressant ne se produisit ce jour-là ni les jours suivants. Je passai mon temps à tenir de longues conversations au perroquet et à exécuter des pantomimes variées en face du singe. Je ne trouvai rien de mieux pour me distraire. J'étais incapable de lire, incapable aussi d'écrire mes impressions de voyage. Situation misérable! Mais le neuvième jour, comme je promenais selon mon habitude la longue-vue sur l'horizon, je poussai un terrible cri de joie ! Je venais d'apercevoir une ligne bleuâtre en face de moi. A l'œil nu je ne voyais rien. Ce pouvait être une illusion d'optique, un nuage, une vapeur. J'essuyai frénétiquement les verres de la lunette et je regardai de nouveau. La ligne se dessinait nettement ; elle s'accentuait et se dorait à mesure que le soleil montait.

— Terre ! terre ! m'écriai-je, les bras au ciel et faisant des cabrioles insensées.

Et je courus annoncer cette bonne nouvelle à milady.

— Une terre ? dit-elle, se méfiant un peu.

— Oui, madame, une terre où nous ne manquerons pas d'aborder avant deux heures, car le vent qui nous pousse rapidement vers elle ne semble pas disposé à changer de direction.

— Mais dans quel pays serons-nous ? Sommes-nous bien loin de l'Angleterre ou de la France ? Ne sauriez-vous conjecturer et me dire...

Je me souvins que j'avais obtenu plusieurs prix de géographie au Lycée Louis-le-Grand, et qu'il y avait dans la cabine du capitaine des cartes, des boussoles, des roses des vents, bien plus qu'il n'en fallait pour s'orienter à merveille.

— Je vais vous apprendre dans un instant quel est ce pays, dis-je.

Après une heure de travail, je redescendis en titubant comme un homme ivre.

— Eh bien ? demanda la jeune femme.

— Ah ! madame, m'écriai-je.

Si la porte de sa cabine eût été ouverte, elle eût frémi sans doute, car je devais avoir le visage blême, les yeux hagards, et je tremblais comme la feuille.

— Qu'y a-t-il donc ? reprit-elle.

— Madame, je suis allé dans la cabine du capitaine.

— Bon, après ?

— Je me suis souvenu que le matin du naufrage, il y avait sept jours que nous marchions à la vapeur.

— Sept jours, en effet.

— La vapeur file mille vingt nœuds par heure, madame.

— Ah !

— Et, quand le vent l'aide, elle marche bien plus vite encore.

— Je conçois cela.

— Ce point établi, j'ai interrogé la carte. Il m'a été peu difficile de me convaincre qu'au moment du naufrage nous étions sous le quarante-septième degré de latitude sud, et le deuxième degré de longitude ouest.

6···

— J'en suis convaincue aussi.

— Mais, pendant le naufrage, le vent du nord-est s'est mis à souffler.

— Le vent du nord-est ?

— Du nord-est et presque du nord-nord-est ; il souffle encore.

— C'est effrayant !

— Epouvantable ! de sorte que le navire a légèrement dévié de sa route. Il s'est mis à marcher vers le sud en inclinant un peu à l'ouest, et la chose était inévitable, puisque le vent nord-nord-est le poussait.

— Je comprends parfaitement, vous êtes très-savant, monsieur de Puyroche.

— Hélas ! madame. Une fois le naufrage accompli, lorsque la vapeur n'a plus lutté, le navire a marché plus décidément vers le sud-ouest, et il allait prodigieusement vite, madame, car le vent soufflait fort.

— En effet il m'a semblé que nous marchions très-vite.

— Si la vapeur file mille vingt nœuds à l'heure, nous en filions dix-huit cents environ.

— Vous croyez ?

— J'en suis sûr. Après avoir multiplié le nombre de nœuds par le nombre d'heures, après m'être

assuré de la direction suivie, j'ai de nouveau consulté la carte.

— Eh bien ?

— Oh! madame, vous ne vous doutez pas
avoir fait tant de chemin !

— Nous en avons donc fait beaucoup ?

— Nous sommes entre le 15ᵉ et le 19ᵉ degré de
latitude sud ! Et...

— Et ?...

— Et entre ces degrés il n'y a qu'un archipel!

— Un archipel ?...

— Oui, madame, il n'y a pas de continent,
sinon très-lointain, autour de lui. Je ne peux donc
pas m'être trompé.

— Eh bien, cet archipel ?...

— C'est l'archipel Fidji.

— A merveille.

— Comment, à merveille ? Vous ne savez-donc
pas ce que c'est que les îles Fidji ?

— Pas du tout.

— Milady, j'ai cherché dans le dictionnaire de
géographie, au mot Fidji.

— Et qu'avez-vous trouvé ?

— Voici ce que j'ai trouvé, madame.

Et je tendis à milady par l'entre-bâillement de la
porte le dictionnaire tout ouvert où elle put lire ce
paragraphe terrible :

« Les îles Fidji sont habitées par les plus
« redoutables anthropophages de l'Univers. Rien
« ne saurait donner une idée de la ruse et de la
« férocité de ces sauvages qui ont résisté jusqu'à
« ce jour à toute civilisation et ensanglanteront
« longtemps encore de leurs horribles festins le
« pays qui les a vus naître. »

— Oh ! oh ! fit la jeune femme.

— N'est-ce pas, c'est horrible ?

— Tout vaut mieux que d'être noyé.

— Vous n'y songez pas, milady ! Etre coupé en
morceaux comme un veau, mis à la broche, mangé
avec un peu de sel et digéré par d'affreux estomacs
de nègres !...

— Nous attendrirons les nègres ; je leur chan-
terai des chansons.

— Moi je leur donnerai ma montre ; je ferai la
culbute et le saut périlleux ; mais croyez-vous ?...

— Peut-être. Les nègres sont des hommes
après tout.

— Vous êtes donc d'avis de descendre sur ce
dangereux rivage ?

— Sans doute, et, dès à présent, je vais m'occuper du déménagement. Il faudra emporter de
quoi nous nourrir avant d'être mangés, car je ne
suis pas d'humeur à me repaître de racines et
d'herbages.

— Hélas ! nous serons donc des Robinsons ?

— Oui, et si nous ne sommes pas aussi ingénieux que lui, nous coucherons à la belle étoile, ou bien il nous faudra aller demander l'hospitalité aux nègres.

— Non ! non ! m'écriai-je ; d'ailleurs, je ne veux pas quitter les côtes ; il passera bien un navire, un jour ou l'autre.

— Allons donc voir cette île d'anthropophages, dit la jeune femme en riant.

— Oh ! milady, murmurai-je, je vois autour de moi des rangées de dents blanches qui se démènent.

— Eh bien, c'est comme chez le dentiste du passage Jouffroy, à Paris.

Pendant que milady montait l'escalier, devant moi, je ne pus m'empêcher de songer malgré tant de graves préoccupations, au changement qui s'était produit dans l'attitude et dans le langage de ma compagne d'infortune. Naguère assez maussade et trop anglaise, elle se montrait maintenant rieuse au danger, prête à l'aventure, toute française enfin. Ce revirement était-il dû à l'espoir de quitter bientôt la désolée *Imogène*, ou bien à son insu, milady cédait-elle au sentiment de satisfaction avec lequel, les premiers jours de larmes passés, une jeune femme se résigne à l'état de

veuve, dût-elle l'exercer dans une île d'anthropophages ?

On apercevait maintenant à l'œil nu la ligne
déjà plus large et moins dorée qui annonçait la
terre; et le vent, joint à la marée, nous faisait
avancer très-rapidement.

— Vite, vite, dit milady, construisons un
radeau.

— Un radeau ? Pourquoi ?

— Ne voyez-vous pas que le rivage n'est formé
que de sable ? Si, avant de l'atteindre, le vaisseau
échouait contre quelque banc de terre molle, nous
gagnerions le bord à la nage; mais il faudrait
abandonner nos provisions et nos malles. Construisons donc un radeau; il sera le commissionnaire
porteur de nos bagages.

Et l'Anglaise se mit à fureter dans tous les coins,
montant, descendant, traînant des planches, des
pieux, des cordes.

— Eh bien, dit-elle, aidez-moi donc. — Qu'a-
vez-vous à me regarder de cet air stupéfait ?

— Vous m'éblouissez! dis-je.

— Allons, allons, à l'ouvrage!

Nous commençâmes à rassembler les planches
et à les lier avec des cordes.

Milady était d'une adresse singulière; elle faisait
deux fois plus de travail que moi. Un radeau de

quàtre mètres de long, sur trois de large fut cons-
truit en moins d'une heure. Et combien il était
heureux que milady se fût avisée de cette inven-
tion! car à peine avions-nous achevé de nouer la
dernière corde et de planter le dernier clou,
qu'un long gémissement de l'*Imogène*, suivi d'un
arrêt presque soudain, nous apprit que la coque
du navire s'était enfoncée dans un banc de sable
sous-marin. Le malheur n'était pas grand, car la
côte se trouvait maintenant à une médiocre
distance; nous pouvions espérer de la gagner à la
nage en poussant devant nous le radeau bien
chargé.

— A l'eau! à l'eau! le commissionnaire, s'écria
milady en battant des mains.

— Mais, dis-je, comment le descendre ?

— Attachons-le à une corde et jetons-le par-
dessus le bord.

— Excellent ?

— Non! non, il doit y avoir des mécaniques,
avec lesquelles l'on mettait les chaloupes à la
mer.

— De mieux en mieux.

— D'autant plus que nous chargerons le radeau
avec moins de difficulté.

— Vous raisonnez comme un capitaine, milady!

— Allons, prenez-le par un bout, dit-elle.

Nous transportâmes à grand peine le commissionnaire vers l'un des points du navire où s'accrochent d'ordinaire les chaloupes, et nous trouvâmes en effet un mécanisme, mais entièrement brisé.

— Ah! fit milady désappointée.

Mais elle reprit :

— Nous aurons peut-être plus de chance de l'autre côté.

Et elle passa de l'autre côté du navire.

— Venez, dit-elle, ici la machine n'est pas cassée.

Nous tirâmes notre radeau de tribord à bâbord, ou de bâbord à tribord, je ne sais pas bien au juste, puis nous l'accrochâmes tant bien que mal.

— A présent, chargeons, dis-je.

— Les vivres d'abord! s'écria milady en repoussant derrière ses oreilles, ses cheveux que le vent secouait, emmêlait, ébouriffait à merveille.

— Oui, les vivres.

Et nous nous mîmes à charrier, des jambons, des quartiers de bœuf fumé, des biscuits, et à déposer tout cela avec soin sur le radeau.

— Oh! dis-je tout à coup, n'oublions pas la basse-cour.

Je m'éloignai et revins bientôt portant triomphalement le panier aux volailles.

— Bravo! dit milady, et la cave ?

— C'est vrai, la cave.

Cinquante bouteilles de bordeaux furent apportées et entassées entre les jambons et les quartiers de bœuf.

— Maintenant nous sommes sûrs de ne pas mourir de faim pendant quelque temps ; occupons-nous de la toilette, dit milady.

Elle descendit dans sa cabine, je descendis dans la mienne et je fis un paquet le plus restreint possible, en soupirant beaucoup, car je ne pouvais me décider à abandonner une chose plutôt qu'une autre. Enfin je remontai. Peu après moi milady reparut, elle était en costume de bain de mer.

— Oh! le coquet! s'écria-t-elle en voyant la grosseur de mon bagage.

Il faut avouer que mon paquet était au moins aussi volumineux que le sien.

— Bon! et le vôtre ? dis-je un peu honteux.

— Moi, je suis une femme; la toilette est mon devoir.

— Moi, je veux vous plaire ; la toilette est mon droit.

Milady haussa les épaules.

— Mais, dit-elle, pourquoi ne vous êtes-vous

7

pas vêtu pour le bain ? Allez-vous mettre des gants paille pour nager ?

— Ah diable ! il faut se mettre à l'eau ?

— Tout semble l'indiquer. Est-ce que vous ne savez pas nager ?

— Pardon, milady ; je sais nager, si on ne m'a pas volé mon argent. J'ai pris trente leçons au bout d'une ficelle : un, deux, trois.... Je suis porté à croire que je dois savoir nager.

— En ce cas, allez vous costumer.

Je redescendis et je m'improvisai du mieux possible une toilette de bain. Quand je remontai, milady était soucieuse.

— J'ai pensé à une chose, dit-elle.

— A laquelle ? m'écriai-je, effrayé.

— Notre radeau chargé va être mis à flot.

J'acquiesçai de la tête.

— Mais la mer n'est pas aussi unie qu'on pourrait le désirer. Elle se permet d'onduler comme une chevelure de créole, et notre commissionnaire se trouvera tantôt montant tantôt descendant une colline....

Mes yeux s'ouvrirent pleins d'interrogations.

— Nos provisions glisseront dans l'eau et nous ne manquerons pas de mourir de faim, à moins que nous ne mangions les anthropophages.

Je laissai tomber mes bras le long de mon

corps; milady se mit à rire de mon découragement.

— Il faut trouver un remède, voilà tout, dit-elle.

J'ouvris les bras, d'un geste qui indiquait claire-
ment que ce n'était pas moi qui trouverais le remède. La jeune femme promena son regard autour
d'elle.

— Tenez! reprit-elle bientôt en m'indiquant du
doigt la toile goudronnée qui recouvrait les bagages.

— Eh bien ?

— Voilà le remède.

— Vraiment ?

— Vous ne comprenez pas ? Nous allons couvrir
le radeau avec cette toile et nous la ficellerons tout
autour.

— Miraculeux ! m'écriai-je plein d'admiration.

— De sorte que nos vivres ne pourront pas aller
au fond de l'eau, et que nous ne mangerons pas
les anthropophages.

— Oui, mais.... dis-je en frissonnant.

Je n'achevai pas une pensée trop claire, et commençai à traîner la toile vers le radeau. Milady
chercha un poinçon, de la ficelle, et ayant trouvé
à peu près ce qu'elle voulait, elle se mit bravement
au travail. La toile était trop large; il fallut la re-
plier en beaucoup d'endroits.

Enfin nous pûmes descendre le radeau à la mer,

et ma compagne mit le pied sur le premier degré d'une échelle que nous venions d'accrocher au flanc du navire. Mais tout à coup elle remonta.

— Et le singe ? dit-elle, et le perroquet ? il faut ressembler tout à fait à Robinson.

— C'est juste, dis-je.

Et j'allai chercher nos compagnons de malheur. Milady mit le singe sur son dos, je mis le perroquet sur ma tête, et, après avoir décroché le radeau, nous nous mîmes à le pousser en nageant vers la terre.

Nous échappions à un péril, pour tomber dans un péril plus grand encore, peut-être. La peur d'être mangé allait succéder à la peur d'être noyé ; les cannibales dans nos cauchemars, remplaceraient les requins.

Soulevés et abaissés alternativement par les lames, nous voyions la première des îles Fidji, apparaître et disparaître à nos yeux, selon que nous étions sur un sommet ou dans un bas-fond. J'examinai cependant la côte le mieux que je pus. Elle était plate et ne montrait qu'une ondulation dorée se prolongeant de chaque côté aussi loin que le regard pouvait aller. Aucun rocher n'égratignait la mer, et la dernière vague s'écroulait sur le sable en écumant à peine.

Un peu en avant, dans les terres, s'élevait une

petite falaise couronnée d'une végétation assez so-
bre, mais composée, à ce qu'il me sembla, d'arbres
et de plantes inconnus. Le rivage était, du reste,
entièrement désert, aucune hutte, aucune barque,
aucun sauvage. Cette solitude me rasséréna un peu.
L'île était vaste sans doute, il serait facile d'échapper aux habitants.

Cependant, poussant notre radeau, poussés par
la marée, portant l'une un singe, l'autre un perroquet, nous avions nagé courageusement, et bientôt
nous pûmes prendre pied, et, ballottés un peu par
les vagues, nous abordâmes enfin. Notre premier
soin fut de mettre notre radeau hors de la portée
de l'eau; puis d'un même mouvement nous nous
retournâmes vers la mer. Elle était d'un bleu profond presque noir à l'horizon, par l'antithèse d'un
ciel lumineux, safrané et verdâtre, ciel spécial à
ces contrées tropicales. La coque de l'*Imogène*,
outragée par les vagues n'était plus qu'une épave
sombre qui s'engloutissait peu à peu et ne man-
querait pas de disparaître bientôt pour jamais.
C'était de ce jouet, de cette planche, de ce bouchon
que nous venions. Milady s'agenouilla, et courbant la tête, pria tout bas. J'étais assez embarrassé; je ne savais si je devais imiter la jeune
femme, ou m'abstenir. Les sauvages futurs me
faisaient trouver le moment inopportun pour des

actions de grâce. Vu l'état des choses je résolus
d'attendre le dénouement. Son oraison terminée,
milady se releva et me pria de m'éloigner un peu,
afin qu'elle pût changer de costume ; j'allais lui
obéir lorsqu'elle me retint d'un geste et me dit de
l'air anglais et grave que je n'étais plus accoutumé
à lui voir :

— Un mot encore. Etes-vous sûr que le paquebot
où se sont réfugiés les passagers de l'*Imogène* fût
tout à fait hors d'atteinte lorsque mylord Campbell
s'est jeté à l'eau ?

— J'en suis sûr, milady, la dernière chaloupe était
partie depuis longtemps lorsque votre mari m'est
apparu sur le pont, et j'avais tout à fait cessé
d'entendre bruire ou siffler la machine du navire
sauveur.

— A ce compte mylord est mort ?

— Oh ! oui, dis-je.

Mais je me repris :

— Hélas ! oui, milady, il a dû lui être impossible
de faire entendre sa voix au milieu de la tempéte,
et plus impossible encore de lutter contre les vagues furieuses.

Milady songea un instant d'un air suffisamment
ému, puis me fit signe de la laisser.

Je profitai de cet exil momentané, pour grimper,
en m'aidant des mains et des genoux, une petite

côte qui montait au sommet de la dune, et, de là, j'essayai une reconnaissance.

Autour de moi s'étendait une vaste plaine, sauvage et stérile, où je n'aperçus aucune trace de culture ou d'habitation. De loin en loin se tordait quelque arbre rabougri, à moitié chauve et séché, ou se hérissait un buisson roux. Le sol était d'un sable blanc et fin, entrecoupé par endroits d'un peu de terre végétale, de sorte que la lande entière présentait une alternative de poussière aride et de places sombres couvertes d'herbes, de bruyères en fleurs, de genets, et de plantes étrangères qui répandaient un parfum pénétrant. J'acquis la certitude que nous avions débarqué dans un steppe incultivable et je dus espérer que cette partie de l'île Fidji était inhabitée. J'allai retrouver milady pour lui faire part de mes observations.

En la voyant, je poussai un petit cri de surprise, car elle était tout de noir habillée.

— Oh! madame, lui dis-je, pourquoi cette toilette lugubre ? n'eût-il pas été charitable d'égayer d'une jupe rose, ou de quelques bouts de rubans clairs notre sombre situation ?

— Vous oubliez, monsieur, que je suis veuve, me répondit-elle gravement.

Je respectai sa douleur, et pour l'en distraire

autant qu'il était en moi, je me hâtai de décrire ce que j'avais vu du haut de la dune.

— Comment, dit-elle, il n'y a pas la moindre petite grotte où s'abriter ?

— Pas la moindre grotte, répondis-je, c'est le Sahara.

— Mais comment allons-nous passer la nuit ? Voici le soleil qui se couche, nous ne pouvons pas bâtir une maison avant la nuit ?

— Non, Robinson lui-même ne l'eut pas pu. Mais tout d'abord, je vous conseille, milady, de monter sur la dune car la mer gagne et va bientôt nous atteindre.

— Allons, mais n'oublions pas le bagage, dit l'Anglaise.

Nous fûmes obligés de décharger le radeau et de transporter pièce à pièce les objets qui le couvraient. Les poulets avaient quelque peu étouffé sous la toile d'emballage ; mais il n'y avait pas eu avaries sérieuses, et, le transport une fois effectué, comme nous avions grand'faim et que nous étions très-las, nous nous assîmes sur le bord de la dune et nous soupâmes de très-bon appétit.

— C'est charmant, l'île des sauvages ! dit milady souriant en dépit de sa robe noire.

— Oui, tant qu'on ne voit pas les sauvages !

— Il ne manque que des lits, ajouta-t-elle.

— Heureusement, dis-je en levant la tête, le ciel est pur, et dans ces parages, il ne pleut pas souvent. Du reste, j'ai une idée, vous aurez un lit.

En effet, lorsque le repas fut terminé, je cherchai une bonne place, et refoulant avec mes deux mains le sol docile, je formai un plan à peu près uni qui se rehaussait d'un côté de manière à fournir un oreiller; puis j'élevai de toutes parts une petite muraille de sable, pareille à un rempart. Le tout imitait en grand les terrassements des babys dans les allées des Tuileries. Néanmoins je fus très-content de mon œuvre.

— Milady, dis-je en m'inclinant, vous avez une chambre et un lit.

— Vraiment, dit-elle en enjambant le petit mur, le dévouement vous rend très-ingénieux.

Elle étendit une couverture sur le sable et se coucha.

— Bonsoir, monsieur Aurélien de Puyroche, dit-elle, faites votre lit, dormez bien et rêvez que vous êtes sur le boulevard des Italiens.

Quelques instants plus tard, les étoiles purent voir tout à leur aise notre sommeil, profond sommeil, que nous avions bien gagné. Je crois que je ronflai un peu, mais heureusement la mer ronfla plus fort que moi. Le matin, le soleil se chargea de nous éveiller en nous inondant insolemment de

7*

lumière. Ah ! je regrettai amèrement les triples rideaux de ma chambre qui s'opposaient si bien à ces agressions brutales. Mais, en ouvrant les yeux, je vis le soleil si triomphalement beau, la mer si transparente, si glauque, si vaporeuse, j'éprouvai une telle impression de pureté, de fraîcheur, de joie sereine que je fus un peu consolé. C'était la première fois que je voyais le soleil se lever.

— Eh bien, criai-je à milady, comment vous trouvez-vous, ce matin ?

— Oh ! dit-elle, j'ai rêvé toute la nuit de serpents et de vipères. Il doit y avoir de ces bêtes-là dans l'île Fidji.

— Miséricorde ! m'écriai-je en frappant des mains. J'avais si peur des sauvages, que je ne pensais pas aux serpents.

— Il faudra nous bâtir une maison dans un arbre, dit milady.

— Les serpents montent aux arbres ! soupirai-je.

— Les vipères, non. Et c'est surtout des vipères que nous devons nous défier ; car il ne doit point y avoir de gros serpents dans ce steppe où ils ne trouveraient pas à se cacher.

— Mais, repris-je, vous parlez de bâtir des maisons dans les arbres, comme si la chose était des plus faciles ?

— Nous invoquerons Robinson et nous nous

souviendrons de Ville-d'Avray, dit milady, rieuse. Pour le moment, déjeunons, et ne laissons pas mourir de faim notre ferme à venir.

C'est moi qui fus chargé de donner à manger et à boire aux poules, mais je n'avais pas une goutte d'eau douce, et cela me rendit fort perplexe. Je résolus, en attendant la découverte d'une source, de leur verser la moitié d'une bouteille de vin.

— Voyons, dit milady lorsque nous fûmes assis en face l'un de l'autre séparés par un jambon, un morceau de bœuf fumé et du biscuit, causons en architectes sérieux et dressons nos plans. Il s'agit de bâtir deux maisons.

— A quoi bon, deux maisons ?

— A quoi bon ? Croyez-vous que vous allez percher sur le même arbre que moi, monsieur de Puyroche ?

— Deux maisons, soit !

— Dans deux arbres.

— Parfaitement.

— Il faut d'abord une échelle.

— Naturellement.

— Deux échelles, même.

— Certainement.

— Avez-vous fini, avec vos adverbes ? s'écria milady, en frappant du pied sur la table, aidez-moi donc à faire le plan.

— Voici, milady, répondis-je après avoir rêvé quelques instants. Vous prenez un arbre...

— Et vous faites un roux, interrompit-elle en haussant les épaules. Enfin, voici l'arbre.

— Et elle traça du bout du doigt, une ligne sur le sable.

— Admettons, repris-je, que l'arbre ait trois fortes branches à peu près à la même hauteur.

— J'admets les trois branches.

— Ces trois branches trouvées, j'établis un plancher.

— Un plancher ? où prendrez-vous le plancher ?... votre idée ne vaut rien.

— Aussi, vous ne m'aidez pas du tout.

— Voyons, c'était très-bien jusqu'aux trois branches, tâchez de continuer.

Je tenais mon front dans ma main.

— Parbleu ! m'écriai-je tout à coup, le radeau, voilà le plancher !

— C'est vrai, c'est vrai, dit milady, nous l'attacherons aux trois branches.

— Pensons maintenant à la toiture, repris-je.

— Eh bien, s'écria à son tour milady, la toile goudronnée, quelle admirable toiture cela fera !

— Voilà la maison bâtie.

— Pas encore ; mais commençons à travailler pendant qu'il fait un peu frais, à midi la chaleur doit être intolérable. Nous mîmes les restes du repas à l'abri du soleil, et j'offris mon bras à milady pour aller à la découverte d'un arbre à trois branches. Nous marchions au bord de la dune d'un pas tranquille, regardant tantôt la mer, tantôt la lande. Je disais mille galanteries à la jeune anglaise, qui fronçait le sourcil en souriant derrière son ombrelle. Elle avait une robe courte, noire, garnie de franges légères, et sur le front, une toque de velours noir où s'enroulait un voile de crêpe. Moi, bien ganté et vêtu de toile blanche, je faisais crier mes souliers vernis sur le sable. Nous, nous pensions à Dieppe ou à Trouville. Milady tira de sa ceinture une petite montre incrustée de perles.

— Quatre heures! quatre heures du matin! dit-elle.

— Comment, m'écriai-je, quatre heures et non-seulement nous sommes levés, mais nous avons déjà déjeuné et nous nous promenons!

— Nous ne nous promenons pas; nous cherchons un arbre pour bâtir une maison.

— C'est vrai, vous m'aviez fait oublier l'île déserte, le naufrage, les serpents, les sauvages et la fricassée.

— Si je vous ai fait oublier tout cela, je vous en fais souvenir, et voici là-bas quelques arbres

moins rachitiques que les autres ; peut-être pour-
rons-nous trouver ce qu'il nous faut.

Nous nous hâtâmes à travers la lande.

— Si nous allions voir apparaître quelque
épouvantable nègre ? disait milady tout en mar-
chant.

Je lui montrai deux pistolets de salon passés à
ma ceinture.

— Tant qu'il n'y aura que deux sauvages à la
fois, dis-je, je vous défendrai ; je fais mouche
presqu'à chaque coup.

— Ah ! ah ! dit milady, en avant, alors. Nous
atteignîmes les arbres. Ils étaient couverts de
petits fruits rouges moins gros que des cerises et
très-durs.

— Y a-t-il des arbres semblables à ceux-ci en
France ? demanda milady, je n'en ai jamais vu en
Angleterre.

J'avouai que je ne connaissais pas l'espèce de
ces végétaux.

— Ce doit être des arbres particuliers à ce pays,
dit la jeune femme, sont-ils hérissés et bizarres !

— Si c'étaient des mancenilliers ! m'écriai-je,
me souvenant de *l'Africaine*.

— Non, reprit-elle, ils sont trop laids, cependant nous ne mangerons pas de leurs fruits.

— Oh ! non.

Ces arbres avaient le tronc principal assez peu haut ; leurs maîtresses branches s'écartaient brusquement et presque horizontalement, tandis que leur faîte s'ébouriffait .en mille broussailles. C'était justement ce qu'il nous fallait.

— Voici mon domicile, dit milady en frappant sur l'un des arbres.

— Et voici le mien.

Nous retournâmes à l'endroit où nous avions couché, et en trois voyages nous cûmes transporté tout notre bagage.

— Voyons, quels sont nos outils ? demanda milady.

— Voici une petite hachette, répondis-je.

— Moi, j'ai un couteau anglais qui contient un tire-bouchon, un tire-bouton, un poinçon, un cure-oreilles, un grattoir et une lime à ongles, sans compter les lames de toutes les dimensions.

— C'est un précieux outil!

— Oui, mais il ne suffira pas.

— Je possède deux rasoirs ; j'en sacrifie un.

— Très-bien! Nous avons beaucoup de cordes et de grosses ficelles. Nous pourrons peut-être venir à bout de nous loger ; allons, vite, l'échelle d'abord.

Nous employâmes toute une heure à couper dans les arbres voisins deux morceaux de bois assez solides et assez longs pour servir de montants à l'échelle, et quatre branches, les moins raboteuses possibles, pour faire les échelons; puis chaque tige fut dépouillée de ses feuilles et taillée tant bien que mal. A grand' peine, nous fîmes quatre trous dans chacun des montants, et, amincissant les bouts des échelons, nous les enfonçâmes dans les trous. Nous étions si enthousiasmés de notre œuvre et de notre génie, que nous nous apercevions à peine que la sueur nous inondait. L'échelle fut terminée à onze heures. Milady déclara qu'elle avait faim, et qu'il fallait recommencer à déjeuner, puis dormir jusqu'à deux heures. Nous nous assîmes sous l'arbre de milady.

— Mais, dis-je, en mordant à belles dents dans une tranche de bœuf, si nous dormons ainsi en plein jour, les indigènes pourront nous surprendre, nous tuer et nous croquer avant que nous eussions le temps de nous en apercevoir.

Il fut convenu que nous dormirions l'un après l'autre, et je fus chargé de veiller d'abord. Les premières minutes se passèrent bien. Je considérai le ciel limpide, la mer tranquille, la plage solitaire, la plaine déserte. Mais, bientôt je commençai à bâiller démesurément et à tirer mes bras. Je résolus de regarder dormir milady. Elle avait les pieds croisés l'un sur l'autre, un bras rejeté sous sa tête

qui se renversait en arrière de façon à me laisser
voir l'intérieur rose des narines, les coins de la
bouche abaissés et les yeux comme deux taches
sombres. J'eus envie de réveiller la jeune femme
pour lui dire qu'elle était charmante, mais craignant d'être mal reçu je m'abstins, je suivis l'ondulation de son corsage qui se soulevait et s'effon-
drait d'une façon adorable, j'admirai la ligne de
son cou et le dessous de son menton velouté et
blanc d'une blancheur bleuâtre, qui me plaisait infiniment. Il y avait surtout sur ce cou un petit signe
brun qui tentait ardemment mes lèvres. Je songeai que la plage et l'île peut-être étaient désertes,
que ce serait un bien faible crime de baiser ce petit
signe et que milady aurait grand tort de se fâcher.
Mais, tout à coup je vis trois yeux à la dormeuse,
ce qui m'étonna. Puis elle parut s'élargir et se dé-
doubler. Il me sembla voir à sa place des collines
de neige, puis je ne vis plus rien. Il paraît que je
dormis longtemps, car ce fut milady qui m'éveilla
en me frappant sur l'épaule.

— Ah! ah! dit-elle, c'est ainsi que vous montez
la garde? Quinze jours de salle de police, pour
avoir dormi à votre poste.

— C'était pour rêver de vous, milady, soupirai-je.

— Savez-vous, monsieur, qu'il est trois heures,

et que la première pierre de ma maison n'est pas posée? Je risque de dormir cette nuit encore à la belle étoile.

—- Oh! m'écriai-je en tirant un louis de ma poche, n'oublions pas de mettre une pièce de monnaie sous la première pierre.

Milady appuya l'échelle contre l'arbre et voulut monter pour éprouver notre ouvrage. Il résista et fonctionna très-bien à notre grand étonnement.

— A présent, il faut couper toutes les branches inutiles qui encombrent mon appartement, dit milady.

Armés, l'un de la hache, l'autre du couteau, nous montâmes dans l'arbre, et nous nous mîmes à abattre et à tailler à qui mieux mieux. Puis, il fallut séparer le radeau en deux, ce qui nous donna beaucoup de mal, mais enfin, nous en vînmes à bout; et le parquet fut élevé et posé dans l'arbre. Les planches étaient trop longues; j'eus l'idée d'y faire des entailles, afin que les branches pussent s'y emboîter. Cela nous prit très-longtemps, mais donna une grande solidité à la construction. Le soleil atteignait l'horizon lorsque le plancher fut terminé. Nous étions brisés de fatigue, et il fallut renoncer à poser la toiture ce jour-là. Milady se consola en voyant l'abri naturel que formaient les branches et les feuilles de son arbre. Nous dînâ-

mes gaiement, en compagnie du singe et du perroquet; puis sentant nos yeux se fermer, nous arran-
geâmes nos lits le mieux possible, milady sur son
arbre, moi au pied de l'arbre, et je m'endormis,
gémissant de la cruauté de ma compagne, qui pré-
férait me laisser mordre par les vipères, que de me
donner l'hospitalité. Ainsi se passa notre première
journée dans l'île Fidji.

Le lendemain matin, le soleil nous éveilla
avec une rare insolence. Milady, du haut de son
arbre, proposa de prendre un bain de mer pour
nous donner du courage au travail, et d'emporter
la lunette d'approche, afin de voir si aucun navire
n'apparaîtrait à l'horizon. Elle descendit bientôt et
dégringola lestement la dune. Elle fut sur la plage
avant moi, et je l'entendis crier :

— Une paillasse! deux paillasses! autant de
paillasses que nous voudrons !

Ces exclamations ne manquèrent pas de me surprendre, des paillasses sur la plage! L'île était
donc habitée ? Je m'élançai vers milady et la trouvai plongeant ses bras dans des touffes de varechs
que la mer avait rangées soigneusement le long de
la plage ; mon visage reprit sa sérénité.

— Voyez, voyez, disait-elle, quelle trouvaille!

Nos reins et notre dos étaient en effet fort cour-
baturés de la dureté de nos lits et nous nous réjouî-

mes fort de la bonne aubaine. Le bain pris, nous portâmes sur la falaise le plus de paillasses possible, et après avoir donné du maïs et une demi-bouteille de vin aux poules, nous déjeunâmes, non sans gloutonnerie ; puis nous reprîmes courageusement notre travail.

Le rasoir nous servit à déchirer la toile goudronnée, et bientôt milady attacha à une branche un ruban en guise de drapeau et un bouquet de menthe. Comme je n'avais pas d'échelle à construire et que nous avions acquis quelque expérience, ma maison, à moi, était construite avant le coucher du soleil, et, le soir, nous pûmes rentrer nous coucher chacun chez nous.

Le lendemain, je descendis de mon abri à l'aide d'une corde, et je me mis à la recherche d'une source ou d'un ruisseau, car les poules avaient des attitudes titubantes, qui ne laissaient pas de m'inquiéter. Mais j'eus beau rôder, les yeux fixés à terre, je ne découvris, à mon grand chagrin, aucune trace d'eau douce, milady prétendait qu'il y aurait de l'orage avant peu, car l'horizon se couvrait de vapeurs et la chaleur était suffocante ; mais nous n'avions aucun récipient pour recevoir l'eau. Nous fûmes obligés de creuser des trous, que nous pavions de galets et de feuilles, et de réunir tous les coquillages un peu creux que nous trouvâmes, puis le soir vint.

Milady remonta sur son arbre, et moi-même j'allai me coucher après avoir donné une leçon de grammaire au perroquet. Mais à peine endormi je fus éveillé par un tumulte épouvantable. C'était l'orage prédit par milady. Il se déchaînait avec une fureur que je n'aurais pas pu prévoir et qui est le privilége de la latitude enragée sous laquelle nous nous trouvions. Le ciel n'était qu'une immense flamme bleue, violette, effrayante! Des détonations insensées éclataient soudain, et le bruit roulait autour de l'horizon indéfiniment; les vagues semblaient battre une enclume gigantesque, le vent poussait d'affreux coups de sifflet; bientôt la pluie tomba à torrents. Comme je n'étais pas très-rassuré, j'appelai milady.

— Avez-vous peur de l'orage? lui demandai-je.

— Bah! dit-elle, la foudre tombe toujours dans la mer. Voici de l'eau pour les poules, ajouta-t-elle.

Mon arbre était secoué et battu par les rafales, d'une façon très-inquiétante. J'aurais bien voulu être ailleurs. Le singe gémissait, le perroquet battait des ailes, les poules piaulaient; c'était affreux. Enfin la tourmente se calma, puis s'éteignit et je pus m'endormir dans un air rafraîchi.

Le jour qui suivit cette formidable nuit d'orage,

ne fut marqué par aucun événement fâcheux. Les
poules réconfortées par l'eau dont elles étaient
privées depuis longtemps, pondirent trois œufs
que milady fit cuire sur de la braise de broussailles; et nous fîmes un excellent repas, car nous
commencions à nous lasser de la viande fumée.

Puis les jours se succédèrent uniformément.
Aucun habitant n'apparaissait. Nos demeures s'é-
taient beaucoup améliorées; milady, avec des varechs, avait tressé des sortes de paillassons qui
servaient de murailles à nos chambres; nous
avions fait des armoires dans les feuilles et des
porte-manteaux dans les branches, une niche pour
le singe et un perchoir pour le perroquet. Les poules
avaient aussi leur arbre qu'elles avaient choisi.
Tout allait donc pour le mieux. Mais étions-nous
destinés à passer notre vie entière dans cette île
déserte et ne verrions-nous jamais apparaître un
navire à l'horizon que nous regardions sans cesse ?

Un soir, pendant que nous prenions un bain,
milady aperçut un point noir sur la mer. Elle m'appela et nous nous mîmes tous deux en observation,
la main plate au-dessus des sourcils, allongeant
notre vue le plus possible, le point noir s'agitait
visiblement et approchait. Notre inquiétude était à
son comble. C'était sans doute une barque pleine
de sauvages. Il me semblait les voir armés de pieux,

couronnés de plumes bleues et rouges et ornés de quatre rangées de dents.

Cependant la barque manœuvrait bizarrement; elle allait, venait, se retournait brusquement. Une fois nous la vîmes sauter hors de l'eau. Ce n'était donc pas une barque! Et puis maintenant, au lieu d'un point noir il y en avait deux, qui se fuyaient et se poursuivaient.

— Bon Dieu! m'écriai-je tout à coup, ce sont des requins.

— Des requins! répéta milady, épouvantée.

En trois bonds, nous fûmes chacun sur notre arbre, où nous tremblâmes longtemps. La nuit vint. Notre sommeil fut agité, mais le matin nous ne vîmes plus trace de requins. Ils s'en étaient retournés au large.

Nous eûmes l'idée d'établir une pêcherie et l'exécution de ce projet nous occupa longtemps. Avec de la ficelle et un jupon déchiré en lanières nous fîmes un filet carré attaché à quatre baguettes et suspendu par des cordes à une cinquième. C'était une sorte de grande cuiller. Lorsque le filet fut achevé, nous allâmes à la pêche, et après plusieurs heures de patience, nous amenâmes dans le filet quelque chose de mou, de gluant, d'affreux.

— Une pieuvre! m'écriai-je, pensant aux *Travailleurs de la mer*.

Cela nous plongea dans une telle épouvante que nous laissâmes pieuvre et filet pour fuir plus vite.

Milady revint la première et du bout de son ombrelle ramassa l'objet étrange que nous avions pêché.

— La bête a des cheveux, dit-elle.

— Grand Dieu ! m'écriai-je, c'est une chevelure scalpée.

— C'est vrai, dit milady pâle d'horreur en laissant retomber le triste trophée.

Une lame vint qui le remporta.

— Cette chevelure a dû séjourner longtemps dans la mer, dis-je, car les poils sont devenus jaunes et les sauvages ont les cheveux bleus.

Nous recommençâmes timidement nos tentatives de pêche ; nous fûmes plus heureux ; nous prîmes quelques petits poissons d'une espèce bizarre, que nous ne connaissions pas, mais qui nous semblèrent excellents frits dans de la graisse de poulet. Ainsi notre nourriture devenait assez variée. Nous avions mis de côté quelques poignées de blé et de pommes de terre, en prévision de l'avenir. Nous cultivions un petit coin de terre végétale que nous entourions de soin et que nous arrosions d'eau de mer, pour pouvoir l'ensemencer quand il en serait temps. Notre vie n'était pas trop malheureuse, nous eussions rendu Robinson jaloux.

Nos yeux interrogeaient pourtant bien souvent l'horizon vide de la mer, pour y chercher un navire sauveur. Nous parlions souvent de notre pays avec attendrissement comme des exilés, et nous désespérions presque de le revoir jamais. Lorsque je me reportais brusquement à ma vie d'autrefois, je ne pouvais m'imaginer comment je supportais sans trop de désespoir les privations et les malheurs présents. Ce n'est qu'en regardant le doux profil de ma compagne, ses yeux clairs et son front blanc, que je m'expliquais ma résignation. Cependant la jeune Anglaise était si froide, si réservée, si renfermée dans son chagrin de veuve ! chagrin tout de convenance, mais qui n'en était pas moins difficile à combattre. Dieu sait que je le combattis avec constance, courage et ruse ! Il n'était pas d'heure où je n'attaquasse la place ; mais elle était toujours fortifiée et imprenable.

— Oubliez-vous que je pleure mylord Campbell ? me disait-on sèchement. Alors je me renfermais dans un affreux désespoir. Je me jetais sur le sable, la tête dans mes mains, et je demeurais des heures ainsi, les épaules secouées par des sanglots contenus. Quelquefois, elle venait me relever et me disait : Vous êtes fou. Lorsqu'elle me frôlait en passant près de moi je tremblais comme une sensitive. Si je la regardais en lui parlant, je m'interrompais

7**

tout à coup et restais la bouche ouverte, stupide de
sa beauté. Je voyais bien que son cœur n'était pas de
marbre, et qu'elle ne luttait que contre des préju-
gés. Aussi, bien souvent, je parlais raison avec elle,
assis l'un près de l'autre sur le sable en face de la
mer. Elle était trop jeune et trop belle, il était impossible qu'elle fût une veuve inconsolable. Mylord
était vieux, laid, égoïste; ses cheveux étaient roux
et rares; les yeux lui sortaient de la tête; son nez
était incandescent, mais son cœur froid comme la
glace; il s'était attaché comme un boulet à la jeunesse, à la joie, à la beauté de sa femme; il était peu
probable qu'elle l'eût aimé. Donc, dans la vie elle se
fût remariée; elle eût aimé un jeune homme dont
le nez eût été pâle et le cœur brûlant. Si je l'avais
rencontrée dans un salon, j'aurais peut-être déses-
péré de l'attendrir, il y aurait eu trop de comparai-
sons désavantageuses pour moi, trop de cavaliers
plus charmants, pour que je m'enhardisse à espérer; mais, dans cette île déserte où il n'y avait que
moi, j'avais quelques chances d'être préféré, et,
malgré sa cruauté, l'espoir n'était pas mort dans
mon cœur. A tout cela, milady baissait la tête, et
soupirait doucement sans me répondre, et les jours
se passaient.

Un matin nous sommeillions tous deux sur la

plage ; milady se releva tout à coup, et me saisit la main.

— Écoutez, dit-elle, en ouvrant tout grands ses beaux yeux.

Je prêtai l'oreille à un bruit lointain et régulier que nous apportait la brise, je pâlis ; toutes mes terreurs me revenaient. Nous montâmes sur la dune, et m'agenouillant, je collai mon oreille à terre pour mieux entendre.

— On dirait un galop de cheval, m'écriai-je.

— De plusieurs chevaux même, dit milady.

Nous écoutâmes encore, c'étaient bien des chevaux qui galopaient et se rapprochaient rapidement.

— Nous sommes perdus, cette fois ! soupirai-je.

— Défendons-nous, au moins, dit milady.

Nous prîmes chacun un pistolet et un rasoir, et nous remontâmes sur nos arbres, tirant, milady son échelle, et moi ma corde. Nous attendîmes, bientôt un hennissement se fit entendre. Il n'y avait pas de doutes à conserver, une troupe de cavaliers s'avançaient, nous apercevions déjà dans le soleil qui embrasait la lande, un groupe formidable plein de points brillants et d'éclairs d'acier. Anxieux, nous retenions notre souffle, les pistolets armés tremblaient dans nos mains, et nos yeux s'écarquillaient pour compter le nombre de nos ennemis; mais, lorsqu'ils furent à portée de la vue, nous cherchâmes en vain des cavaliers sur le dos des montures; les chevaux nus ne portaient personne.

— Eh bien, s'écria milady, nous voici encore sauvés cette fois-ci; il n'y a pas le moindre sauvage.

— En effet, dis-je, ce sont les chevaux qui sont sauvages; l'île est décidément déserte.

Nous ne nous inquiétâmes pas davantage des nouveaux arrivés, qui n'avaient d'autres intentions que de brouter les maigres ronces et d'exécuter quelques innocentes gambades. Ils s'en retournèrent d'ailleurs, comme ils étaient venus, et je repris le fil de mes idées amoureuses.

Un jour, le singe que je poussais un peu par derrière, grimpa l'échelle de milady et pénétra chez elle; il tenait dans sa patte une carte de visite où on lisait : Le Vicomte Aurélien de Puyroche.

— Faites entrer, dit milady en riant. Je montai à mon tour l'échelle, et je parus devant la jeune femme. J'étais en frac, en culotte noire, en cravate blanche, en gants blancs.

— Quelle tenue, et quel air solennel! dit la jeune veuve, en me faisant signe de m'asseoir par terre.

— Madame, dis-je, en m'inclinant le plus humblement possible, j'ai l'honneur de vous demander votre main.

— Monsieur! s'écria milady, vous moquez-vous? voilà un mois à peine que je porte le deuil de mylord Campbell, et vous osez me parler de secondes noces?

— Madame, repris-je sans me troubler, nous sommes loin de l'Angleterre, de la France et des lois sociales; nous sommes dans une île; et cette île étant, selon toute apparence, déserte, je suis le roi et le maître de cette île, en conséquence je suis maître d'instituer que dans mon royaume, on portera le deuil d'un époux un mois seulement.

— Mais, dit milady, en souriant, je ne me considérerai jamais comme mariée sans le maire, le prêtre, l'orgue, le contrat et les témoins.

— La nature sera le maire, milady, le soleil sera le prêtre et il nous bénira en nous couvrant de lumière tandis que les mugissements de la mer remplaceront les accords de l'orgue. Nous graverons notre contrat sur la conque d'un coquillage; notre honnêteté et notre amour seront nos témoins. Si vous ne me haïssez pas, madame, toutes les causes de votre refus, toutes les raisons que vous donnerez pour retarder mon bonheur, seront mauvaises.

— Je ne vous hais pas du tout, dit milady ébranlée, mais je vous demande huit jours pour réfléchir.

— Puissent vos réflexions m'être favorables ! dis-je en soupirant.

Et après avoir baisé la main de milady, je redescendis suivi du singe. Pendant huit jours, je ne parlai pas mariage à ma jeune compagne, mes soupirs et ma pâleur seuls la suppliaient; d'ailleurs mon élève le perroquet avait enfin profité de mes leçons et on n'entendait plus que ce cri dans les arbres : « *Aurélien aime milady.* »

Enfin le matin du huitième jour, je trouvai dans mon arbre un petit billet où milady me priait de passer chez elle.

Je me précipitai de mon arbre dans le sien; elle me tendit la main avec gravité.

— J'accepte, dit-elle, mais à la condition que si jamais nous retournons en Europe, vous m'épouserez selon la loi.

— Méchante! dis-je en me jetant à ses pieds, comment avez-vous pu avoir un doute à ce sujet?

Notre mariage fut fixé à quelques jours de là, au samedi prochain, je fus admis à faire ma cour. Chaque matin le singe apportait à ma fiancée un bouquet de fleurs sauvages, accompagné d'un billet passionné. Elle, de son côté, avait appris au perroquet à retourner sa phrase, et un jour, j'entendis sur les branches, cette douce déclaration : « *Milady aime Aurélien ;* » je ne regrettais plus du tout ma vie passée, ni le boulevard. Les heures s'écoulaient délicieusement. Tantôt nous sommeillions l'un près de l'autre en nous tenant la main, tantôt nous nous poursuivions comme des enfants, à travers les vagues mousseuses. Parfois, c'étaient de longues et tendres promenades, le soir, au clair de lune, près de la mer. L'île déserte devenait l'île enchantée.

Mais un jour, où appuyée sur moi, elle souriait et baissait les yeux aux discours passionnés que je lui tenais, elle me serra subitement le bras, et, regardant fixement le sol, elle s'interrompit de marcher.

— Voyez ! voyez ! me dit-elle d'une voix émue.

J'éloignai avec peine mon regard de son visage et je le tournai vers la terre. Je ne pus retenir un cri : des empreintes de pieds nus étaient marquées distinctement et comme moulées dans le sable. Nous nous regardâmes avec effroi.

— N'est-ce pas nous-mêmes, dit milady, qui avons laissé la trace de nos pas un jour après le bain ?

— Ah ! Juliette ! m'écriai-je, ne m'insultez-pas. Le pied qui a laissé ces traces est deux fois grand comme le mien, et, vous ne songez pas, je pense, à le prendre pour le vôtre.

— Vous avez raison, on dirait un pied de géant.

— Du reste, nous ne sommes jamais venus nous baigner si loin de chez nous.

— L'île est donc habitée par des hommes qui ont de tels pieds ? s'écria milady épouvantée.

— Et par des hommes complétement sauvages, dis-je, car ils ne portent même pas de souliers.

— Mon Dieu ! mon Dieu ! que vont-ils nous faire ?

— Il serait prudent de rentrer chez nous ; le sauvage n'est peut-être pas loin.

— Oui, mais voyez, il y a des pas qui viennent et des pas qui s'en vont. Nous suivîmes soigneusement les traces. Le sauvage était venu jusqu'au bord de la dernière vague, puis il avait rebroussé chemin de quelques pas, et s'était assis sur le sable. (Il n'avait pas non plus de pantalon !) Ensuite il s'était relevé et avait continué à marcher vers la dune, qu'il avait gravie.

Cette certitude acquise, nous la gravîmes à notre tour, et laissant dépasser seulement le haut de notre tête, nous regardâmes avidement la lande. Elle était absolument déserte.

Cependant l'île était habitée ! les empreintes de pieds en étaient une preuve irrécusable et la tranquillité dont nous commencions à jouir allait être pour jamais troublée; je reconduisis milady, toute tremblante, jusqu'à son arbre.

— Marions-nous vite! dis-je, en lui baisant la main; lorsque vous serez ma femme, je deviendrai hardi et fort comme un lion pour vous défendre.

— C'est après-demain samedi, me dit-elle avec un regard plein de tendresse. Je remontai dans mon arbre, assez oublieux du sauvage. Je fis un rêve où j'étais roi et vêtu de plumes de paon, où milady, reine, était vêtue aussi de plumes de paon, j'avais un grand-vizir noir comme le diable et un peuple de sauvages grands comme des montagnes. J'avais un gouvernement tyrannique et je mangeais un homme chaque matin à mon déjeuner.

Le lendemain je m'étonnai moi-même de mon oubli complet du danger. J'allais, je venais, je tournais autour de l'arbre où ma fiancée dormait encore. J'aurais voulu avoir une guitare, une flûte, un accordéon, une grosse caisse, n'importe quoi, pour lui donner une aubade. Je songeai à piller le ciel de toutes ses étoiles et la mer de toutes ses perles; mais aux cannibales, pas du tout.

— Cela n'est que naturel, me disai-je pour m'expliquer cette indifférence et ne pas me croire malade, l'amour est un grand égoïste, qui n'admet pas qu'aucun autre sentimeut règne avec lui; et lorsqu'il s'est logé dans une créature, la faim, le sommeil, la peur, la prudence, tous ces honnêtes et utiles instincts, cèdent la place sachant qu'elle n'est plus tenable. Ainsi, qu'on prenne deux jeunes fiancés à la veille de leur union et qu'on les transporte dans un cachot, sur un rocher, en haut d'un mât ; pourvu qu'ils soient ensemble, ils se trouveront bien partout, surtout dans une île déserte, et ils ne s'apercevront des anthropophages que lorsqu'ils sentiront des dents s'enfoncer dans leur dos.

J'en étais là de mes réflexions lorsque je me sentis mordre violemment à l'épaule. Je hurlai d'épouvante et de douleur ! Les poules glapirent. Milady se précipita à peine vêtue de son arbre et me mit un pistolet dans la main. Je me retournai pour faire face à mon adversaire. Alors, à la terreur succédèrent des éclats de rire sans fin. Plongé dans mon rêve amoureux, je m'étais assis sans regarder où, et j'avais à moitié écrasé le pauvre singe, qui s'était vengé comme il avait pu.

— Je vous ai bien cru croqué, cette fois, dit milady.

Nous nous tenions les côtes, mais tout à coup la jeune femme s'apercevant de la légèreté de son costume, remonta toute honteuse sur son arbre.

Je passai le reste de la journée à faire des préparatifs pour le lendemain.

Je tuai trois poules, et, après les avoir plumées, je fis un petit oreiller avec leurs plumes. J'allai pêcher, puis cueillir une grosse touffe de fleurs sauvages dont j'ornai les arbres. Je ramassai des algues, et je fis des guirlandes de coquillages en guise de girandoles ; enfin je fabriquai une mosaïque charmante avec des galets brillants et de couleurs diverses. Le soir, lorsque je reconduisis milady jusqu'au seuil de son arbre, j'avais des larmes dans les yeux.

— Demain, lui dis-je, en baisant sa main, vous me laisserez monter au ciel par cette échelle.

Enfin le grand jour se leva. En m'éveillant je me jetai dans les bras du singe et je grattai la tête du perroquet avec attendrissement. J'étais inondé d'une joie sans nom, je souriais, je regardais le ciel avec extase, il me semblait que les rayons du soleil m'entraient dans le cœur. Je descendis et je me mis à poursuivre les poules pour les embrasser aussi, mais elles s'enfuirent avec des mines si rebelles, que je renonçai à mon tendre projet. Puis je pressai si fort dans mes bras l'arbre où dormait mon amie, que l'écorce s'incrusta dans la paume de mes mains et sur mon visage. Il paraît que je le secouai un peu, car milady s'éveilla et fit un mouvement.

— M'avez-vous oublié, mon amour ? soupirai-je.

— Oh! non! répondit-elle très-bas.

Je contemplai la mer, l'horizon, la lande, je trouvai la nature sublime et je pensai qu'il était doux d'être au monde. Je remontai sur mon arbre pour procéder à ma toilette. En me regardant au miroir j'eus un moment de chagrin. Le grand' air, le soleil, la réverbération du sable blanc m'avaient hâlé, mon teint si limpide s'était taché de plaques bistrées et de nuances rubicondes qui me déplaisaient souverainement, les saillies des plis de mon cou avaient un faux ton de pain d'épice clair, tandis que les creux étaient restés blancs, ce qui le faisait ressembler à un cou de zèbre, de plus le vent de la mer m'avait tanné la peau, et je la comparai sans pitié, à du cuir de bottes. Mes cheveux étaient désséchés, mes moustaches raides, mes mains calleuses et noires. A l'aspect de ces désastres, je versai deux larmes de rage et je m'enfonçai les ongles dans le crâne.

Cependant après cet excès de douleur je me mis à l'ouvrage pour tâcher de réparer les dégâts. J'avais beaucoup ménagé mes pommades et mes eaux de toilette, présageant que les anthropophages devaient avoir des notions très-succinctes sur la fabrication de la parfumerie, et n'espérant revoir de longtemps la boutique d'Houbigand-Chardin.

Mais vu la solennité de ce jour, je me livrai à une orgie de pommade et de vinaigre. Mes cheveux reprirent leur souplesse, mon teint s'améliora ; un peu de poudre de riz eut raison des zébrures de mon cou, et mes mains égratignées par le travail se dérobèrent sous des gants blancs irréprochables. Lorsque je descendis de mon arbre, j'étais un peu rasséréné et j'avais repris confiance en moi.

Je m'assis au pied de l'échelle de Milady et j'attendis. J'étais grave, presque solennel, je songeais sérieusement à l'avenir. « Je suis peut-être appelé à devenir la souche d'un grand peuple, me disais-je, c'est ainsi que les races commencent. Adam et Eve en sont la preuve. En même temps qu'un peuple, je fonderai une dynastie, car mes fils, qui seront braves, soumettront les sauvages, s'il y en a. Ils les domineront : l'esprit domine toujours la force ; et comme ils tiendront de moi ce n'est pas l'esprit qui leur fera défaut. Donc nous serons rois. Je serai Aurélien Ier, grand législateur, guerrier superbe (en théorie seulement, car on ne me permettra pas d'exposer ma précieuse vie), fondateur de villes, de théâtres, de restaurants (je croyais déjà voir s'allonger devant moi un digne frère du boulevard des Italiens). J'aurai une garde royale, un grand vizir, mais pas de députés. La reine aura des dames d'honneur négresses et

8

une calèche traînée par des lions. Les singes seront
considérés comme animaux nobles, et les perro-
quets comme oiseaux sacrés. »

J'en étais là de mes rêves d'avenir lorsque j'entendis un léger froissement derrière moi, je me
retournai vivement. Milady était debout sur le
plus haut degré de l'échelle, je fus ébloui et
je crus voir vraiment une reine ou plutôt une
fée sortant d'un arbre. Toute la lumière semblait
se concentrer sur elle, et revenir d'elle, plus brillante. Elle était vêtue de blanc avec des perles
blanches au cou et des diamants sur le front. Ses
yeux brillaient, son sourire brillait, ses cheveux
blonds semblaient en or. Je ne la laissai pas descendre, je la pris dans mes bras et la posai doucement à terre.

— Voulez-vous de moi pour époux, chère Juliette ? demandai-je, grave comme un maire.

— Oui, me répondit-elle, en souriant, et vous,
Aurélien, m'acceptez-vous pour femme ?

Je ne lui répondis qu'en la serrant sur mon cœur;
elle ne se défendit pas et appuya son front sur mon
épaule. Je levai la tête avec orgueil. Il me sembla
que les vagues, au loin, se balançaient devant
nous comme des encensoirs et que l'écume blanche, qu'elles étalaient sur le sable, était une nappe
d'autel.

Mais, tout à coup au milieu de mon extase, je vis, dans le lointain, un homme nu, tout nu! marcher sur la nappe et sur l'autel!

Ainsi, l'horrible danger qui nous menaçait depuis si longtemps, se montrait enfin. Il était là, évident, immédiat. Pendant de longs jours, nous lui avions échappé, pour qu'au moment où notre bonheur nous rendait oublieux, il vînt nous faire souvenir. Sans doute ce sauvage n'était pas seul; il était venu en pirogue et ses compagnons étaient peut-être occupés à amarrer l'embarcation derrière un pli de la dune; ils allaient apparaître, dix, vingt, cent. Ils nous découvriraient, et au lieu d'une noce, il n'y aurait qu'un repas de noces.

Il est inutile de dire que je poussai un cri, qui fit lever les yeux à Juliette.

Elle me regarda, vit l'épouvante empreinte sur mon visage, et, suivant la direction de mon regard, aperçut le sauvage.

— Ciel! s'écria-t-elle, c'en est un, cette fois-ci!

D'un même bond, nous fûmes dans l'un des arbres, et, tremblant, j'armai les revolvers que je portais toujours dans ma poche.

— Ne tirez qu'à la dernière minute, dit milady, le bruit pourrait attirer d'autres indigènes.

— Soyez tranquille, dis-je.

Et nous nous mîmes à guetter.

Le sauvage était à une centaine de pas de nos demeures. Nous ne faisions que l'entrevoir à travers les branches, mais assez pour suivre ses mouvements.

D'abord il côtoya la mer et sembla lui parler avec des gestes peu civilisés.

— Il adresse sans doute une prière au dieu des anthropophages ?

— C'est possible, dit milady, il lui demande de leur envoyer des hommes bien gras.

Quoique assez maigre, je frissonnai.

Une fois, il fit une sorte de culbute dans l'eau, puis se retourna vers la terre.

— Etranges mœurs ! murmurai-je.

Mais la situation devenait grave.

L'ennemi avait aperçu nos maisons. La main sur les yeux, il s'était baissé puis relevé et il s'avançait vers nous avec une mine sanguinaire ; il avait senti la chair fraîche, le misérable !

Je promenai des yeux effarés autour de moi. Un grand sac de toile épaisse formait une des parois de la chambre de Juliette ; je le détachai rapidement.

— Que comptez-vous faire ? demanda la jeune femme tremblante.

— J'ai une idée, vous verrez.

L'homme approchait toujours. Je me sentais

devenir assez brave; en somme il était seul, nu et sans armes.

Il avançait. Il n'était plus qu'à dix pas.

— Dieu! m'écriai-je, c'est pis qu'un anthropophage; c'est un Peau-Rouge.

En effet, il semblait un homard cuit à point.

— L'affreux homme! dit milady, qui essayait de l'apercevoir à travers les feuillages.

Tout à coup le Peau-Rouge se débattit avec un cri étouffé, le sac venait de lui tomber sur la tête et si habilement jeté qu'il lui descendit jusqu'aux chevilles.

— Bravo! dit Juliette.

D'un bond je fus à terre, je renversai l'ennemi, et poussant ses pieds dans le sac, je l'enfermai solidement, milady vint me rejoindre.

— Vous êtes un héros! me dit-elle en m'embrassant.

A vrai dire, j'étais de son avis, et je considérai même Alexandre et César comme d'assez vulgaires personnages.

Nous nous assîmes par terre.

— Ma reine bien-aimée, dis-je majestueusement, si les indigènes viennent un à un, ou même deux à deux, nous sommes sauvés. Que pensez-vous que nous devions faire de notre captif?

— Si nous le mangions? dit-elle, en riant.

— Pouah! il doit avoir une odeur de bête fauve.

— Eh bien, essayons de l'apprivoiser.

— Oui, ce sera un commencement de peuple.

— Mais comment nous y prendre? il ne nous comprendra pas.

— Nous ne laisserons sortir du sac que sa tête, et nous lui apprendrons à parler.

— C'est cela.

— En attendant, il n'a pas l'air d'être fort satisfait de son sort, car il se démène et piaille à ravir.

— Il étouffe peut-être.

Nous nous rapprochâmes de la victime.

— God! s'écria milady, il parle anglais.

— Comment, anglais? un sauvage qui parle anglais?

— Il n'est peut-être pas sauvage, c'est peut-être un naufragé comme nous ?

Je prêtai l'oreille: le sauvage jurait assurément en anglais.

— Il faut lui ouvrir, dit milady.

Je déliai le sac d'assez mauvaise grâce, et l'homme se trouva immédiatement dans l'attitude d'un boxeur.

Juliette poussa un cri.

— Milord Campbell!

— Milord Campbell! répétai-je consterné, car c'était lui.

— Milady! dit à son tour milord. M. de Puyroche!

— Le diable t'emporte! pensai-je.

Mais comme je suis avant tout homme du monde, je repris:

— Vous n'êtes donc pas noyé?

— Pas du tout. Et vous-même?

— Vous voyez que non. Et vous avez échoué comme nous, sur ce rivage?

Milord écarquilla les yeux. Je continuai :

— Les anthropophages vous ont fait grâce à ce qu'il paraît et vous vous êtes soumis à leurs coutumes, car vous avez adopté leur costume favori. Pourtant il vous ont scalpé, ajoutai-je, en voyant la tête complétement nue de Milord.

L'Anglais me regarda et regarda milady.

— Vous avez dû souffrir beaucoup. Mais ils ne sont pas aussi féroces qu'on le dit, puisqu'ils vous ont laissé la vie.

— Je ne vous comprends pas, dit milord Campbell.

— Sans doute vous ignorez à quels hommes vous avez eu affaire, vous n'aviez pas les instruments qui m'ont servi à m'orienter, vous ne savez pas ou vous êtes.

— Où suis-je donc ?

— Dans une des îles Fidji, qui sont, comme vous savez, habitées par des peuplades peu civilisées.

— Vraiment ? dit-il en éclatant de rire.

— Milord... murmurai-je.

Mais il considérait les maisons, l'échelle, les poules et il riait de plus belle.

— Monsieur le vicomte, dit-il, je suis forcé de vous avouer que vous êtes tout simplement à Arcachon.

— Arcachon !

— A trois lieues de la ville, à peu près.

— C'est impossible.

— Pourquoi ?

— Cette solitude ?

— Il vient rarement du monde, par ici. Du côté de la mer, les navires s'ensableraient ; du côté de la terre, il y a presque un Sahara à traverser.

J'éprouvai une grande humiliation. Etait-il bien possible que je me fusse trompé à ce point sur la direction de l'*Imogène* ? Et je vis que milady souriait.

— Mais les chevaux sauvages que nous avons vus ?

— Dans ce pays, les propriétaires économes laissent leurs chevaux libres pour qu'ils aillent brouter.

— Et ces arbres aux fruits inconnus ?

— Ce sont des cerisiers sauvages.

— Mais enfin que faites-vous dans cette tenue ?

— Je viens me baigner par ici, préférant l'eau de la pleine mer à celle du bassin.

— Impossible, dis-je, qui donc vous a scalpé ?

— Ah ! dit-il, avec un mouvement d'humeur, ma perruque, je l'ai perdue par ici, et je suis obligé de m'en passer, n'ayant trouvé rien de convenable dans le pays.

Nous songeâmes à notre pêche.

L'anglais regardait notre toilette.

— Vous êtes irréprochables, dit-il avec un sourire. seulement il me semble, milady, que vous portez bien peu mon deuil.

— Je l'ai porté, dit-elle ; mais vous-même, milord ?

— Je le porte encore, milady.

Il ajouta :

— Lorsque je suis vêtu.

Puis il offrit le bras à sa femme.

— Allons, rentrons chez nous, dit-il, vous avez une charmante villa dans la forêt. Il y a une chambre que M. de Puyroche voudra bien accepter ; elle est très-confortable, et j'espère qu'il ne regrettera pas trop l'île des Sauvages.

Vous vous trompiez, milord, j'ai toujours regrettée l'île Fidji et je la regretterai toujours. J'y rêve bien souvent, je me rappelle avec douceur et douleur aussi, la plage, la dune, nos maisons dans les arbres ; j'ai gardé près de moi, et je considère comme des amis le singe et le perroquet, ces témoins de mon bonheur naissant suivi d'une si cruelle déception.

L'ESPRIT CHAGRIN

———

Il est un moment de l'année où Paris devient insupportable, et où les plus fervents adorateurs de l'asphalte du boulevard soupirent en songeant à l'air pur de la campagne.

C'est ce que se disait, une nuit d'été, le héros de cette histoire, Maurice Laugier, en cherchant en vain le sommeil sur son lit bouleversé par l'insomnie.

C'était vers la fin de juin, et depuis quelques jours une chaleur implacable changeait en un enfer la grande ville.

Maurice Laugier, Parisien endurci, aimant les voyages comme les chats aiment l'eau, prit cependant, quand le jour parut, une résolution héroïque: il se dressa en sursaut et sonna son domestique.

— Faites ma malle! dit-il d'une voix solennelle lorsque Claude entre-bâilla la porte.

— Monsieur est bien heureux de s'en aller, dit le domestique avec un soupir.

Quelques heures plus tard Maurice était à la gare du Nord et prenait un billet pour Montmorency. C'était bien assez loin comme cela.

Mais en route il se sentit tout à coup un grand amour pour la campagne, il ne laissait pas passer un acacia, pas un coquelicot, pas une touffe de vigne vierge enveloppant la maison d'un cantonnier sans l'embrasser d'un regard avide.

— Comme c'est joli! se disait-il. L'homme est peut-être fait, après tout, pour vivre aux champs.

Et il admirait les carrés de légumes et les blés déjà hauts.

Il se promit de jouir avec recueillement de la nature, de fréquenter les bois et les prairies, mais de ne jamais descendre vers Enghien, où l'on retrouve Paris et ses plaisirs.

A Montmorency tout était loué, et le jeune Parisien crut un instant qu'il lui faudrait retourner à la ville. Il finit cependant par trouver une chambre des plus médiocres, située au rez-de-chaussée dans la Grande-Rue.

Grâce à la bonne disposition de son esprit il s'amusa de tout : des portes qui geignaient, ne voulant se laisser ni ouvrir ni fermer, du carrelage d'un rouge éclatant qui sonnait sous les galoches de l'hôtesse comme les dalles d'une église, des bouquets de fleurs en papier qui flanquaient sur la commode un petit Jésus de cire jaune, couché dans sa crèche. Il lut avec intérêt les légendes des gravures extraordinaires qui ornaient les murs. C'était : *La puce à l'oreille, — N'éveillez pas le chat qui dort, — Ils s'aimoient et ils se le disoient,* etc.

En se regardant dans un miroir bordé de faux acajou, il eut un moment d'indicible effroi, tant son visage agréable d'ordinaire lui parut boursouflé et extravagant. Il reconnut heureusement l'infidélité du miroir, et un fou rire le jeta sur le velours d'Utrecht jaune et râpé d'un vieux fauteuil dont la dureté inattendue le surprit douloureusement.

Puis il alla visiter la campagne, il s'ébahit devant le moindre buisson, s'arrêta longtemps devant une haie fleurie sur laquelle chantait un pinson qu'il prit pour un rossignol.

Une chèvre attachée à un pieu le tint un quart d'heure en admiration ; il suivait des yeux l'étroit sentier ondoyant à travers les blés, et l'idée de se fixer pour jamais aux champs traversait vaguement son esprit. Lorsque la cloche de l'église sonna

lentement l'*Angelus*, il pleura d'attendrissement.

Cependant ces félicités durèrent peu. Après
quelques jours d'enthousiasme, Maurice s'avoua
que la nature était assez monotone, et il tourna
mélancoliquement ses regards vers Enghien.

— J'ai envie d'entendre un peu de musique, se
dit-il pour s'excuser.

Et il s'habilla avec soin, alluma un cigare, puis
se mit en route.

Il faisait très-chaud sous le grand soleil réver-
béré par la poussière blanche du chemin. Maurice
marchait lentement, cherchant l'ombre et regardant distraitement les passants.

Il rencontra des enfants, montés sur des ânes
qu'un ânier harcelait de sa trique; des fillettes en
blanc avec un vilain bonnet et un voile de mousseline, des communiantes sans doute. Mais, arrivé au
pont du chemin de fer, il se croisa avec une jeune
fille dont la beauté le frappa.

Elle était accompagnée par une bonne qui portait
un grand panier.

— Qu'elle est charmante! se dit-il en se retournant pour la voir encore. Il m'a semblé voir apparaître devant moi le type féminin ébauché confusément dans mes rêveries. Est-ce donc ainsi, au
détour d'un chemin, à l'instant où l'on y pense le

moins, que l'on rencontre l'idéal secrètement désiré ? la minute qui décidera de ma vie vient-elle de sonner ? est-ce là la femme que j'aimerai ?

Après un instant d'hésitation, il rebroussa chemin.

— Décidément, je ne vais pas à Enghien, se dit-il.

Et il se mit à marcher derrière la jeune fille dont il examina le costume.

Elle portait une robe de mousseline mauve, parsemée de marguerites, et un petit chapeau rond garni de marguerites ; les longs bouts d'un fichu croisé sur la poitrine se nouaient négligemment derrière la taille, et la guirlande du chapeau tombait sur une épaule.

— Est-ce une jeune fille vraiment ou une jeune femme ? se disait Maurice. Elle m'a paru presque une enfant, mais la bonne et le grand panier m'effraient, ils dénoncent une ménagère.

Il fut bientôt tiré d'inquiétude.

A une question qui lui fut faite, la bonne répondit :

— Oui, mademoiselle Juliette.

— Le joli nom ! pensa-t-il.

Arrivée sur la place du marché, à Montmorency, Mlle Juliette alla d'étalage en étalage, commençant

à acheter toutes sortes de victuailles et à en faire
emplir le panier.

— Elle n'a sans doute pas de mère, se dit Maurice, et c'est elle qui dirige le ménage de son père,
elle qui achète, ordonne, surveille. Rien n'est
charmant comme une jeune fille maîtresse de
maison.

N'osant pas la suivre dans ses allées et venues
d'une boutique à l'autre, Maurice se posta à un
angle de la place, de façon à ne pas perdre la jeune
fille de vue. Bientôt, ses emplettes achevées, elle
regagna la route. La bonne posa son lourd panier
à terre, et toutes deux regardèrent du côté opposé
à Enghien, comme si elles attendaient la venue
de quelqu'un ou de quelque chose. Après de mûres
réflexions, et surtout à l'apparition lointaine d'un
gros nuage de poussière résonnant de grelots et
de claquements de fouet, Maurice devina qu'elles
attendaient une sorte de diligence-omnibus qui
dessert les localités voisines. Plein de machiavé-
lisme, il s'élança vers la voiture, laissant l'inconnue au bord du chemin, et il monta en omnibus
comme un voyageur pressé.

— Décidément, je vais à Enghien, songea-t-il.

Comme il l'avait prévu, la jeune fille fit arrêter
le coche lorsqu'il passa devant elle et y entra.
Maurice put alors la regarder tout à son aise, car

elle s'était assise en face de lui et avait relevé sa
voilette. Son joli visage, animé par la marche et la
chaleur, avait une douceur joyeuse, pleine de
charme. La blancheur de son front contrastait avec
l'incarnat pâle de ses joues et amenait tout d'abord
à la pensée la métaphore ancienne et rebattue d'un
lys près d'une rose. Pour compléter le bouquet,
ses grands yeux d'enfant rappelaient les pétales du
myosotis. Mais Maurice ne sut à quoi comparer le
joli nez aux narines larges et mobiles et la petite
moue pourprée qui relevait sa lèvre supérieure.
Quant aux cheveux, le vermeil, les blés, les rayons
de soleil y passèrent et furent trouvés tout à fait
insuffisants par l'enthousiaste et presque amoureux
jeune homme.

C'était bien la réalisation du type rêvé. Lorsqu'elle tournait la tête et que Maurice pouvait la
voir du profil, le pli de la lèvre s'accentuait davantage et donnait à la bouche une expression de
mutinerie pleine d'étrangeté.

La jeune fille regardait la campagne à travers les étroites fenêtres, mais bien souvent ses
yeux rencontraient le regard de Maurice. Alors
elle détournait la tête et comprimait un imperceptible sourire, embarrassé, un peu moqueur.
Le jeune homme, honteux, regardait à son
tour la campagne, et, pendant ce temps, la

jeune fille l'examinait furtivement avec curiosité.

De Montmorency à Enghien, la route n'est pas
longue. La diligence s'arrêta bientôt. Maurice sortit
le premier, dans le but banal de donner la main à
Mlle Juliette pour l'aider à descendre. Elle s'appuya légèrement sur lui, rougissant et souriant,
puis elle traversa la rue en courant et alla frapper à
une maison. La bonne la rejoignit portant son
énorme panier. Toutes deux disparurent.

Maurice fut surpris du sentiment de profonde
solitude et de tristesse où le laissa le départ de la
jeune fille. Pendant les brefs instants qu'il avait
passés, assis en face d'elle, il s'était senti enveloppé de bien-être et de contentement. Et maintenant, un douloureux serrement de cœur le tenait
immobile à la place où l'inconnue l'avait quitté.

— Qu'ai-je donc ? se dit-il.

Les passants commençaient à le remarquer. Il
s'éloigna, alla prendre une barque et fit le tour
du lac ; puis il dîna à Enghien et se retrouva
dans sa chambre sans savoir comment il y était
revenu.

Le lendemain, assis sur son lit, les coudes sur
les genoux, la tête dans les mains, il s'avoua qu'il
n'avait pas dormi de la nuit, et que, depuis la veille,
il ne cessait de penser à Mlle Juliette et à sa jolie

petite moue. De sorte que la première action de Maurice, après son lever, fut d'aller à Enghien et de rôder autour de la maison où il avait vu entrer la jeune fille.

Cette maison était située à l'angle de la principale rue d'Enghien et de la route qui suit le chemin de fer. Du côté de la route, se prolongeait la palissade d'un jardin attenant à la maison, et ce fut devant cette palissade, à travers laquelle on pouvait voir très-aisément, que le jeune rôdeur se promena de préférence.

Après quelques heures de guet patient, Maurice aperçut enfin celle qu'il désirait voir. Vêtue d'un peignoir de cachemire blanc à longs plis, elle descendit lentement le perron, traversa une pelouse et alla s'asseoir sur la planchette d'une balançoire où elle resta quelques minutes, immobile, paraissant songer profondément. Puis elle se leva et, mordillant le bout d'une tige qu'elle venait de couper, elle se mit à marcher tranquillement dans le jardin. Maurice entendit le sable crier tout près de lui, sous les pieds de la jeune fille, et, avec surprise, il constata que son cœur battait plus fort qu'il n'était besoin.

— Je suis fou ! Est-ce qu'on devient amoureux comme cela du jour au lendemain ? murmura-t-il en haussant les épaules.

La jeune fille passa devant lui, puis s'éloigna et rentra dans la maison.

— C'est bien elle, se disait-il en s'en allant tout ému, je ne l'ai pas trouvée, je l'ai retrouvée. Je serais volontiers resté toute la journée à regarder traîner sa robe sur le sable de son jardin. Comme ses mouvements sont doux et prudents! Je n'ai jamais vu personne marcher comme elle, on dirait qu'elle craint d'effaroucher les moucherons perdus dans l'air. Comme ses cheveux sont plus beaux, dénoués et rebelles, et que son sourire à demi fâché est d'une adorable étrangeté!

Jusqu'à l'heure où il s'endormit Maurice continua sa petite conversation mentale. Il récapitulait, discutait, dialoguait, et le résultat de son monologue fut qu'il se retrouva le lendemain devant le treillage du jardin.

Ce jour-là, il la vit armée d'une grande paire de ciseaux, et occupée à couper des fleurs qu'elle venait ensuite disposer dans une corbeille posée sur un banc qui se trouvait à quelques pas de Maurice.

Le jeune homme s'aperçut bientôt qu'il était remarqué, car Mlle Juliette tournait souvent la tête vers lui d'un air surpris et inquiet.

— Je suis d'une indiscrétion impardonnable! s dit Maurice sans bouger de place.

Cependant il lui sembla que la jeune fille s'attardait beaucoup auprès du banc, et ornait, avec une grande lenteur, sa corbeille, tandis qu'au contraire, lorsque la recherche de quelques fleurs l'éloignait, elle les coupait au plus vite et revenait rapidement.

Maurice n'osa point se réjouir, il confessa qu'il était d'une fatuité révoltante.

Mais, une fois, Mlle Juliette, tenant une branche de laurier-rose toute humide, s'arrêta et regarda Maurice fixement. Le malheureux crut lire son arrêt de mort dans ce regard.

Il était prêt à se jeter à genoux pour demander grâce, lorsque tout à coup la jeune fille jeta la branche du côté de la palissade et s'enfuit. Maurice passa brusquement du désespoir à la joie. Tout tremblant, il saisit la bienheureuse branche au travers du treillage, et, en la baisant, il se mouilla le visage de rosée.

Rentré chez lui, il se tint à peu près ce discours :

— Je suis amoureux, c'est un fait. Puis-je encore arracher cet amour de mon cœur ? Je ne le crois pas. Et, d'abord, pourquoi voudrais-je l'arracher, cette fleur charmante qui me parfume et m'enivre ? Ne vaut-il pas mieux la cultiver, la soigner, afin que l'arbuste devienne un arbre superbe qui abri-

tera ma vie ? Tout cela veut dire que tu vas te
marier, mon bon Maurice ! s'écria-t-il avec un
désespoir comique.

Là dessus il se coucha, résolu de parler dès le
lendemain à Mlle Juliette.

Lorsqu'il arriva au jardin, elle était assise sur le
banc, tournant le dos à la route. Il admira ses
beaux cheveux relevés négligemment et découvrant
sa nuque blanchè, leur envoya un baiser, ouvrit
la bouche pour prononcer doucement et avec tendresse le nom de sa bien-aimée, et il fut sur le point
de croire qu'il avait parlé à son insu, lorsqu'il entendit une voix proche appeler :

— Juliette !

Presque aussitôt une jeune fille, vêtue d'un peignoir de cachemire blanc, s'avança dans l'allée.
Maurice la regarda avec colère, contrarié qu'elle
osât se vêtir de la même façon que celle qu'il
aimait.

— C'est sans doute sa sœur, car elle a les cheveux blonds aussi, et lui ressemble singulièrement.
Quelle différence entre elles, cependant ! combien
celle-ci est moins charmante que Juliette ! La petite
moue que j'aime tant, et qui est si gracieuse dans
le visage de l'une, devient une grimace dans le
visage de l'autre. Juliette a les narines un peu larges ; sa sœur les a béantes et les roses de ses joues

sont des pommes, et les myosotis de ses yeux ont l'air d'être peints sur porcelaine.

— On t'attend pour déjeuner! dit la nouvelle venue.

— Elle a la voix de Juliette, pensa Maurice, mais moins douce.

Il les regarda s'éloigner, trouvant que la robe de Juliette ondulait avec bien plus de grâce que celle de sa sœur. Mais, lorsque les deux jeunes filles furent loin, il ne sut plus les distinguer l'une de l'autre.

— Décidément, grogna-t-il en s'en allant, je suis tout à fait amoureux.

Naturellement, ce jour-là et les jours suivants il pensa à Juliette. Mais, à vrai dire, sa rêverie fut troublée par l'image de la sœur, qui se mêlait, dans son souvenir, à l'image de sa bien-aimée, et souvent la grimace lui revenait lorsqu'il évoquait la jolie moue qui l'avait charmé.

Cependant, de plus en plus épris, il se creusait la tête à chercher un moyen de voir Juliette et surtout de lui parler.

Il ne trouvait rien, et avoisinait le désespoir, lorsqu'un soir, vers huit heures, au moment où il allait se coucher, espérant un doux songe, il fit un bond au milieu de sa chambre, enfila un habit noir, sauta par sa fenêtre et se mit à courir vers Enghien.

Il avait une idée qui lui semblait une inspiration céleste; il allait au Casino! Il s'était fait ce raisonnement bien simple :

— On danse tous les soirs ici, les jeunes filles aiment la danse, elle viendra.

Il était de trop bonne heure. Maurice ne trouva dans les salons que quelques hommes chauves qui lisaient les journaux. Il s'en alla au bord du lac; la lune se levait, glaçant l'eau de reflets brillants. Ceci plongea le jeune homme dans l'admiration. Le paysage estompé de vapeurs lui parut un songe des *Mille et une Nuits*. Il prit pour des anges les cygnes qui regagnaient leur cahute.

— Me voilà poëte! se dit-il.

Lorsqu'il revint, les salons commençaient à s'emplir, mais Juliette n'y était pas. Maurice était presque découragé, lorsque quelqu'un derrière lui s'écria :

— Voici Mme et Mlles Manivaux.

— Manivaux! Quel vilain nom! se dit Maurice.

Il se retourna, c'était elle avec sa sœur et sa mère.

Toutes trois s'avançaient lentement, rendant à droite et à gauche les saluts dont on les accueillait.

Maurice remercia sa bonne étoile de lui avoir inspiré la pensée de venir au bal.

Lorsqu'elles furent assises, il regarda attentivement la mère de Juliette, pour tâcher de lire sur son visage la tendresse ou la dureté de son cœur, et pour voir s'il avait quelque chance de le toucher.

Pendant cet examen, Maurice subit une douloureuse impression, grâce à sa nature nerveuse et impressionnable à l'excès : il ne put voir froide ment, sur le visage de Mme Manivaux, les traits de Juliette vieillis, déformés, grossis et dégradés par le temps implacable.

— Voilà donc comment elle sera un jour ! se disait-il avec terreur.

Cependant, secouant ces vilaines idées, il alla inviter Juliette pour une valse. Elle le reçut avec un doux regard, et lui répondit : « Oui, monsieur, » dans un demi-sourire d'intelligence. Bientôt Maurice l'enlaça et l'entraîna rapidement, tout frémissant de bonheur. Pendant la première moitié de la valse, il ne put rien dire ; il se sentait trop ému pour parler ; il lui semblait impossible que cette jeune fille, qu'il épiait chaque jour de loin, à laquelle il rêvait chaque nuit, sans transition, sans lui avoir jamais parlé, il la tînt en ce moment entre ses bras. Il respirait le parfum de ses cheveux, suivait le va-et-vient de son souffle et les battements

de son cœur. Il craignait que la première phrase
qui lui viendrait aux lèvres ne fût ou trop passion-
née ou trop banale, et il se taisait. Cependant,
craignant que son silence ne fût mal interprété, et
sentant d'ailleurs le besoin de le rompre, il songea
à la branche de laurier-rose.

— Je voulais vous remercier, mademoiselle,
dit-il à voix basse, c'est pourqnoi je suiş venu ici,
espérant vous rencontrer.

— De quoi donc me remercier, monşieur? dit
Juliette en levant ses yeux bleus vers lui.

— De la belle fleur que vous m'avez donnée et
qui me rend tout heureux depuis hier.

— Je vous ai donné une fleur? dit-elle en souriant.

— Quoi! ne vous souvenez-vous pas?

— Non, dit-elle, je ne vous ai rien donné; je vous
ai jeté quelque chose.

— Comme on jette une aumône à un malheureux?

— Non, comme on jette une pierre à un indis-
cret qu'on veut chasser.

— Et vous me lanciez, pour me faire fuir, une
fleur que vous veniez de mordre? J'y ai retrouvé la
trace de vos dents.

— Si je l'ai mordue, c'est probablement par
colère.

— J'avais bien deviné que vous étiez cruelle,
dit Maurice, à voir la charmante moue de vos
lèvres. Alors vous ne voulez plus me laisser vous
regarder de loin?

— Oh! monsieur, dit Juliette en riant, j'ai été
patiente toute une semaine, mais Julie commençait
à vous remarquer...

— Julie?

— Ma sœur.

— Quelle idée déplorable de l'avoir appelée
Julie! marmotta intérieurement l'amoureux.

— Je lui ai dit, pour vous excuser, reprit Juliette,
que vous deviez être un voisin, puisque je vous
avais vu en omnibus et que vous étiez descendu en
même temps que moi.

— Que vous êtes bonne de vous souvenir de
notre première rencontre.

— C'était un jeudi, dit-elle, mon jour d'aller au
marché.

La valse était finie. Maurice reconduisit Juliette
à sa place. Il fut d'une amabilité extrême avec la
mère et offrit son bras à Julie pour la prochaine
danse.

— C'est étrange, se dit-il en dansant avec elle,
lorsque je ne vois plus Juliette, il me semble que
Julie lui ressemble absolument, et cependant celle-
ci, à vrai dire, est plutôt laide avec sa grimace qui

lui retrousse la lèvre. Bon ! elle a le même parfum dans les cheveux, mais elle en a trop mis ; suave et délicat dans les boucles de Juliette, il me semble maintenant violent et grossier.

— J'ai eu l'honneur de rencontrer mademoiselle votre sœur en omnibus, dit-il, pour dire quelque chose.

— Oui, monsieur, elle me l'a raconté, c'était son jour d'aller au marché.

— Les mêmes paroles ! pensa Maurice. Pourtant Juliette a énormément d'esprit.

— C'est mon jour le mardi, reprit Julie ; si c'eût été un mardi, c'est moi que vous eussiez rencontrée.

Maurice voulut faire un compliment, mais il dit des choses pitoyables. Heureusement la musique cessa, et il n'eut pas besoin d'achever sa phrase. Cependant la soirée touchait à sa fin. Lorsque Mme et Mlles Manivaux se retirèrent, Maurice les aida à retrouver leurs manteaux et sortit avec elles.

— Vous n'avez pas peur d'être assassinées, trois femmes seules ? dit-il, permettez-moi de vous escorter jusqu'à votre porte, car s'il vous arrivait malheur je garderais un remords éternel.

— Il n'y a aucun danger, monsieur, mais puis-que vous êtes assez aimable pour nous offrir votre

compagnie, nous l'acceptons avec reconnaissance,
dit Mme Manivaux, saluant et souriant.

Maurice offrit son bras à la mère et ils se mirent
en route, parlant de choses et d'autres.

— Monsieur, dit Mme Manivaux lorsqu'on fut
arrivé, vous êtes notre voisin, j'espère que vous
viendrez nous voir quelquefois. Le dimanche, nous
sommes toujours chez nous.

— J'aurai l'honneur de me présenter chez vous
dimanche prochain, madame, dit Maurice en s'inclinant.

— Cette femme, pensa-t-il, est aimable comme
une mère qui a des filles à marier.

Lorsqu'il fut couché et qu'il eut soufflé sa lumière, cette pensée lui vint : J'aimerais mieux Juliette si ses narines étaient moins ouvertes et si sa
bouche ne se relevait pas ainsi ; cette moue est un
défaut, en somme.

— Fou que je suis ! s'écria-t-il en se frappant le
front, c'est à sa sœur que je pense.

Le dimanche suivant, il frappait à la porte de
Mme Manivaux avec une certaine émotion.

— Madame s'habille, lui dit la bonne ; mais ces
demoiselles sont au jardin.

Et elle lui ouvrit la porte du perron. Maurice
aperçut les deux jeunes filles auprès d'une petite

8...

table, elles brodaient ; devant elles se tenait debout une fillette de treize ans, qui tournait le dos à Maurice. Toutes trois étaient vêtues de la même façon.

— Encore une sœur ! s'écria mentalement Maurice.

Il s'avança, Juliette lui sourit, Julie le salua, la fillette le regarda. Maurice la regardait aussi e1 constatait que chez elle la grimace était une lippe.

— Lili, offre une chaise à monsieur, dit Julie.

— Etes-vous malade ? dit Juliette, vous êtes pâle.

Maurice était pâle, en effet, et triste aussi.

— Quelle affreuse nature ai-je donc, disait-il ; qu'est-ce qui me prend ? Que m'importe que ses sœurs soient laides ; je n'épouse que Juliette. Elles lui ressemblent, cela me chagrine ; il me semble voir de mauvaises épreuves de la même statue ; ne vais-je pas lui faire un crime de ce qu'un charme de son visage est une disgrâce dans le visage de ses sœurs, de ce que je lui voudrais les cheveux noirs, parce qu'elles ont les cheveux blonds comme elle, de ce que je n'aime plus sa robe parce que je la vois mal portée par d'autres ? J'ai failli me fâcher parce que sa mère n'a plus vingt ans et était peut-être à vingt ans aussi jolie que Juliette. Je suis vraiment maniaque et cruel. Cette enfant va m'aimer peut-être, moi je l'adore, et voilà que je gâte mon bonheur par ma sensibilité stupide !

Il essaya de secouer sa tristesse, mais il ne put empêcher son cœur de se serrer.

— Vous brodez comme des fées, mesdemoiselles, dit-il en prenant le bout de la tapisserie de Juliette.

— Vous vous intéressez à la tapisserie ? dit-elle.

— C'est un fauteuil, dit Julie ; Juliette fait le dossier, moi le siége ; ce dessin est compliqué.

— Moi je fais les bras, dit Lili, en étalant son ouvrage sur la table.

— Je me perdrais dans tous ces points et dans tous ces fils, continua-t-il la mort dans l'âme.

— Il n'y aurait pas grand mal à cela, dit Juliette.

— Ce n'est pas si difficile que cela en a l'air, dit Julie.

— Je vous apprendrai, si vous voulez, dit Lili.

— Maurice regardait les mains de Juliette, cette vue le rassérénait. Un des doigts de la jeune fille était orné d'une petite bague où brillait une émeraude.

— Si elle voulait me la donner, pensait-il, je la mettrais à mon petit doigt, s'il est assez petit.

Non, je la pendrais à mon cou et je la baiserais en m'endormant.

Mais en regardant la main de Julie, il y vit briller une émeraude aussi. Il regarda la main de Lili; la main de Lili avait une émeraude encore. Il n'avait plus envie de la bague de Juliette.

Cependant, il tourna les yeux vers la balançoire où il avait vu la jeune fille s'asseoir la première fois qu'il était venu près de la palissade, puis vers l'allée où elle se promenait seule, et enfin vers le banc qu'il n'oublierait jamais; il se souvint du battement de cœur qui le saisissait lorsqu'elle passait devant lui, de la joie folle qu'il avait emportée avec la branche de laurier-rose, de ses projets, de ses rêves, de ses espoirs; puis il regarda Juliette en se répétant.

— Chassons les chimères, je serai heureux.

Tout à coup, un collégien de huit à neuf ans dégringola bruyamment le perron et vint se jeter au cou des deux jeunes filles, les embrassant et poussant des cris insupportables.

— Grand Dieu! pensa Maurice, un frère! Son visage le dit assez. Quel petit monstre avec ses yeux bleus saillants, son nez camard et son bec de lièvre! Décidément une lèvre retroussée n'est pas aussi gracieuse que je l'avais cru d'abord, cela devient aisément un grave défaut.

Juliette avait levé les yeux sur Maurice et l'examinait depuis un instant, cherchant à deviner la cause de l'expression dure et chagrine qui avait soudain assombri son visage.

— Pourvu que ce gamin ne s'appelle pas Roméo, pensait Maurice.

Le collégien s'était élancé vers la balançoire et se balançait de toutes ses forces, faisant crier les anneaux.

— Prends garde de tomber, Jules ! lui cria Lili.

— Jules !...

On se leva, on se promena. Les allées peu larges permirent à Maurice de marcher seul à côté de Juliette ; les sœurs les suivaient.

Il éprouvait une sorte de tristesse à se promener dans ce jardin où il avait tant désiré venir. Il était obligé de s'avouer que quelques jours auparavant il eût éprouvé une tout autre émotion. Rien n'était survenu cependant, et cet amour, si jeune encore, semblait atteint d'une blessure mortelle.

— Je l'aime pourtant, se disait Maurice, suis-je donc fou ?

Il attira Juliette vers le banc et la fit asseoir à côté de lui.

— C'est ici, dit-il, que vous rangiez avec tant de soin des fleurs dans une corbeille. Je ne perdais pas un de vos mouvements. Vous alliez d'un buisson à l'autre, légère, fraîche comme les fleurs que vous cueilliez; je croyais voir la fée aux roses dans son domaine. C'est de cette place que vous m'avez jeté une fleur pour me chasser.

— Méchant, dit-elle, je vous l'ai donnée !

— Permettez-moi alors de vous rendre votre doux présent, dit Maurice redevenu heureux.

Et coupant la tige d'une rose-thé, il la piqua dans les cheveux de Juliette. Elle le remercia d'un sourire et d'un doux regard de ses yeux couleur de myosotis.

— Quand elle sera fanée, la garderez-vous? dit-il à demi-voix.

— Oui, dit la jeune fille en baissant les yeux.

En ce moment Julie et Lili, qui les épiaient sans doute, s'éloignèrent un instant, puis revinrent. Elles étaient allées se mettre des roses dans les cheveux. Jules en avait piqué une à son képi.

Maurice ne put retenir un mouvement d'impatience. Il arracha la rose dont il avait orné les cheveux de Juliette et la jeta à terre.

La jeune fille se leva brusquement avec des larmes dans les yeux.

— Je suis un butor, un misérable ! s'écria Maurice en se cachant le visage dans les mains ; pardonnez-moi, je souffre, je suis fou. Vous ne pouvez comprendre ce que j'éprouve.

Il ramassa la fleur et la baisa.

— Laissez-moi la garder, dit-il, elle a touché vos cheveux.

Mais la jeune fille, sans répondre, s'éloigna tout attristée.

Maurice était au désespoir, il reconnaissait le ridicule et l'absurdité de sa conduite, et se demandait si sa cervelle était bien saine. Il se leva pour rejoindre Juliette et obtenir son pardon, mais la jeune fille avait disparu dans la maison ; il rencontra Mme Manivaux qui descendait les marches du perron.

Maurice s'avança pour saluer Mme Manivaux.

— Je vous demande mille pardons de vous avoir fait attendre, monsieur, dit-elle. J'espère que mes filles ont fait leur devoir de maîtresses de maison.

Et tandis qu'il balbutiait n'importe quelles phrases banales, elle remonta vers la maison et le fit entrer au salon.

— C'est bien aimable à vous d'être venu nous voir, dit-elle en offrant un siége à Maurice.

— Mon amabilité est pleine d'égoïsme, madame, dit-il avec un sourire poli, croyez bien que tout le plaisir est pour moi.

La conversation continua quelque temps sur ce
ton. Mme Manivaux faisait de vains efforts pour
la rendre un peu plus intime ; Maurice semblait
prendre plaisir à la maintenir sur le terrain des
banalités.

Julie et Lili étaient entrées dans le salon.

— Faites donc un peu de musique, leur dit leur
mère à bout de ressources.

Elles se firent prier d'abord, puis attaquèrent
une sonate à quatre mains.

Maurice les écouta en les regardant du coin de
l'œil avec un mauvais sourire ; il ne voyait plus que
des demoiselles à marier avec une faible dot et peu
d'attraits. Juliette absente, il lui semblait qu'elle
était peu différente de ses sœurs.

— Que diable fais-je dans ce milieu ! se
disait-il.

La sonate terminée, Maurice complimenta les
jeunes filles et se leva pour se retirer.

— Nous nous reverrons, j'espère, dit Mme Manivaux en lui tendant la main. Vous restez toute la
saison ?

— Non, madame, dit le jeune homme, de graves affaires me rappellent à Paris plus tôt que je ne
le désirais ; mais j'aurais l'honneur de venir prendre congé de vous.

Juliette était entrée sur cette phrase. Maurice la

regarda. Devant la pâleur de la jeune fille et la tristesse pleine de dignité de son regard, il sentit son cœur se serrer, son amour lui revint tout entier.

Il s'éloigna cependant en jetant à Juliette un regard chargé de repentir et de muettes prières, qu'elle sembla ne pas voir.

Lorsqu'il fut de retour chez lui, il ne vit plus qu'elle et il éprouva une vive douleur à l'idée de partir et de cesser de la voir.

— Pourquoi ai-je dit que je partais ? se demanda-t-il. Je suis décidément fou à lier.

Il ne put rien manger à son dîner ; la nuit, l'insomnie et la fièvre le chassèrent de son lit. Il sortit et alla rôder autour de la maison de Juliette.

Une des fenêtres du premier étage était éclairée, des ombres allaient et venaient.

— Il y a quelqu'un de malade, se dit Maurice avec un serrement de cœur.

A un moment, on ouvrit brusquement la fenêtre comme pour donner de l'air à une personne oppressée.

— Elle souffre, se disait Maurice, et il me semble que c'est à cause de moi. Nos cœurs s'entendent déjà, elle sait bien que je l'aime et semble répondre à mon amour. Je l'ai chagrinée d'une

9

façon cruelle et stupide. Je ne mérite certes pas d'être aimé d'elle.

Et il continua de regarder anxieusement la fenêtre, espérant que le hasard lui ferait deviner quelque chose de ce qui se passait à l'intérieur. Tout à coup, l'idée que ce pouvait être Jules malade d'une indigestion, qui tenait ainsi la maison éveillée, lui traversa l'esprit, et il se trouva si ridicule d'être là faisant le pied de grue, qu'il sentit la rougeur lui monter au front. Mais ce mauvais sentiment dura peu; il entendit quelque chose comme un sanglot et son cœur, plutôt que son oreille, reconnut la voix de Juliette.

D'un mouvement irréfléchi, il s'élançait pour escalader la fenêtre, lorsque quelqu'un marcha dans la rue; il dut redescendre et le jour qui se levait le força à s'éloigner.

Il n'osa pas, le lendemain, se présenter chez Mᵐᵉ Manivaux, et il passa une journée affreuse. Le soir, il alla au Casino, espérant savoir là quelque chose. Il fit plusieurs tours dans les salons et allait se retirer, lorsqu'il entendit dire derrière lui.

— Voici Mᵐᵉ Manivaux et son pensionnat.

— Son pensionnat! c'est bien cela! se dit Maurice avec un sourire ironique.

Jules s'avançait le premier, puis venait Lili, puis Julie. Mᵐᵉ Manivaux suivait. On les regardait, ils avaient tous l'air embarrassé et un peu gauche.

Juliette n'était pas avec eux.

Maurice se dissimula derrière les groupes, sortit du Casino et courut vers la maison de la jeune fille.

— Je l'apercevrai peut-être, se disait-il.

La fenêtre du salon au rez-de-chaussée donnait sur la rue ; elle était entr'ouverte, et une lumière filtrait à travers les rideaux tirés.

— Elle est là, se dit Maurice.

Et il se coula, sans bruit, près de la croisée.

En plongeant son regard par un bâillement des rideaux, il vit Juliette à demi couchée dans un fauteuil, immobile, le front dans la main. La lueur de la lampe, atténuée par un globe, l'enveloppait d'une lumière pâle et douce. Elle était en peignoir blanc ; ses cheveux blonds négligemment noués, elle semblait comme écrasée sous le poids d'un chagrin.

Sa main retomba. Maurice vit qu'elle pleurait.

— Juliette ! s'écria-t-il.

Et il voulut s'élancer vers elle ; mais la fenêtre avait des barreaux qu'il secoua avec force.

La jeune fille avait fait un bond vers la croisée : elle écarta les rideaux. Maurice voulut lui saisir la main, mais elle se recula.

— Vous êtes là ! dit-elle d'une voix altérée.

— Restez, je vous en conjure, s'écria-t-il, dites-moi que vous me pardonnez.

— Vous pardonner quoi ?

— Juliette, dit-il gravement, ne jouons pas avec notre cœur, ne cachons pas nos sentiments sous des mots menteurs, vous avez bien deviné que je vous aime de toute mon âme. J'ai l'audace de croire que je ne vous suis pas indifférent. Pourtant je vous ai chagrinée hier, la douleur et le regret que j'en ai ressentis m'ont suffisamment puni. Dites-moi que vous me pardonnez et que vous m'aimez un peu.

— Que vous importe de le savoir, dit Juliette vivement, puisque vous partez.

— Non, Juliette, non, je ne pars pas, s'écria-t-il, je ne sais quel démon m'a poussé à vous dire cela. Je suis enchaîné ici et, le voudrais-je, je ne pourrais m'éloigner.

— Eh bien ! dit-elle sans réussir à dissimuler un mouvement de joie, venez demain, il n'est pas convenable que je vous parle plus longtemps en l'absence de ma mère.

Il put saisir sa main et y appuya ses lèvres ; mais elle se dégagea et s'enfuit hors du salon.

Maurice s'en alla le cœur rempli de joie.

Il revint le lendemain et trouva toute la famille

réunie au salon. On lui raconta que Juliette avait
été très-malade, puis que le mal avait cessé subitement la veille au soir. Il échangea avec la jeune
fille un sourire d'intelligence.

On le retint à dîner. L'après-midi lui avait paru
longue, il n'avait pas été un instant seul avec
Juliette et avait dû soutenir une conversation
banale.

Le dîner fut un supplice. Jules était insupportable, Julie sans esprit, Lili bavardait continuelle-
ment, la table était mal servie. Maurice se retira de
bonne heure sans remarquer la pâleur et l'abatte-
ment de Juliette. Il s'en alla en sifflotant un air, le
cœur parfaitement froid.

Au Casino où il entra un instant, il rencontra un
médecin avec lequel il avait lié connaissance. Il
lui fit part du singulier état dans lequel se trouvait
son esprit.

— Vous avez un commencement de névrose, lui
dit le docteur, changez d'air, voyagez.

— Si je pouvais voyager seul avec elle ! se disait
Maurice.

Quelques jours plus tard, Juliette recevait la
lettre suivante :

« Si vous ne m'aimez pas, chère et douce Juliette, ne lisez pas cette lettre, elle n'aurait aucun
sens pour vous ; mais si vous éprouvez pour moi

un atome du sentiment profond et violent que vous m'inspirez, au nom de l'amour, lisez-la jusqu'au bout sans colère. Un singulier combat se livre dans mon âme. Vous l'avez déjà entrevu sans le bien comprendre; vous en avez souffert, hélas! et, malgré tous mes regrets, je suis impuissant à triompher de moi-même. J'ose à peine vous l'avouer, Juliette, votre famille m'inspire une aversion jalouse, j'en veux à vos sœurs d'oser vous ressembler, à votre mère d'avoir été belle comme vous. Il me semble vous voir en elles comme en des miroirs imparfaits qui déformeraient votre image; mon rêve est troublé, mon amour hésite. Votre beauté se voile sous les imperfections de ceux qui vous entourent, et, si je ne fuyais ce milieu, mon amour succomberait comme dans un air étouffant. J'aime mieux la souffrance qui s'empare de moi loin de vous que l'absurde ironie qui me glace le cœur dans votre salon. Enfin, je préfère mourir de mon amour que voir cet amour cesser. Vous ne doutez pas de la loyauté de mes sentiments, Juliette; j'ai l'audace de croire que vous voudrez bien être ma femme. Mais, si vous m'aimez, donnez-moi une preuve de confiance. Venez à moi... Nous fuirons loin d'ici; votre mère consentira à notre union, nous nous marierons à l'étranger... En l'écrivant je vois toute l'insanité de ma requête; pourtant, je

vous attendrai huit jours. Passé ce temps, tout
sera fini pour moi. Je suis un misérable fou, prenez pitié de ma faiblesse. »

A la lecture de cette lettre, Juliette demeura
interdite, sans voix, sans mouvement. Puis brusquement, son front s'empourpra, elle froissa le
papier avec colère et le jeta loin d'elle.

Maurice attendait dans une douloureuse anxiété,
la raison lui revenait peu à peu et il comprenait
toute l'indignité de sa conduite ; il sentait qu'il
s'était fermé à jamais cette maison si hospitalière
et aussi peut-être le cœur de Juliette. Il attendait,
pourtant.

Les huit jours s'écoulèrent longs et cruels. Le
neuvième matin trouva Maurice, qui ne s'était pas
couché, accablé de honte et de douleur dans le
vieux fauteuil en velours jaune.

— Que vais-je faire maintenant ? se disait-il. J'ai
moi-même, comme un enfant, brisé mon bonheur.
Ma vie est finie. J'ai un vide affreux dans le cœur,
je sombre dans un abîme que j'ai creusé à plaisir.
Elle n'est pas venue ! Pouvait-elle venir ? Comment
ai-je osé lui faire une telle proposition ? Enfin, c'est
fini ! je vais partir. Partir où ? Mourir plutôt.

Et le jeune homme, cachant sa tête dans ses
mains, laissa éclater des sanglots qu'il ne pouvait
plus contenir.

Il resta longtemps ainsi, donnant un libre cours à son désespoir.

Tout à coup il sentit une main se poser sur son épaule. Il leva la tête. Juliette était devant lui.

L'émotion faillit le suffoquer, il ne put trouver une parole, mais il se cramponna à la robe de la jeune fille comme s'il eût craint de la voir s'éloigner.

— Vous êtes un enfant malade, Maurice, dit-elle en posant la main sur le front brûlant du jeune homme. Nous vous guérirons.

Maurice aperçut alors près de sa fille Mme Manivaux qui le regardait de son doux et bienveillant regard et semblait sur le point de pleurer au spectacle de cette douleur.

— Voyez jusqu'où va la faiblesse d'une mère, continua Juliette, elle a lu votre lettre et c'est elle qui n'a pas voulu que je vous abandonne. Je voulais effacer votre nom de mon cœur et elle a intercédé pour vous, cependant je ne vous ai pas pardonné encore, il faut d'abord que vous méritiez le pardon de celle que vous avez gravement offensée et qui dans sa bonté l'a oublié déjà.

— Ma mère ! s'écria Maurice en s'élançant vers Mme Manivaux, qui lui ouvrit les bras en pleurant.

— Cher, enfant, dit-elle, ne vous faites pas de chagrin, venez avec nous, je vous pardonne, allez !

Et elle ajouta plus bas :

— Toutes ces vilaines idées vous passeront, quand vous aurez des enfants et qu'ils ressembleront à Juliette.

FIN.

TABLE

FIN DE LA TABLE

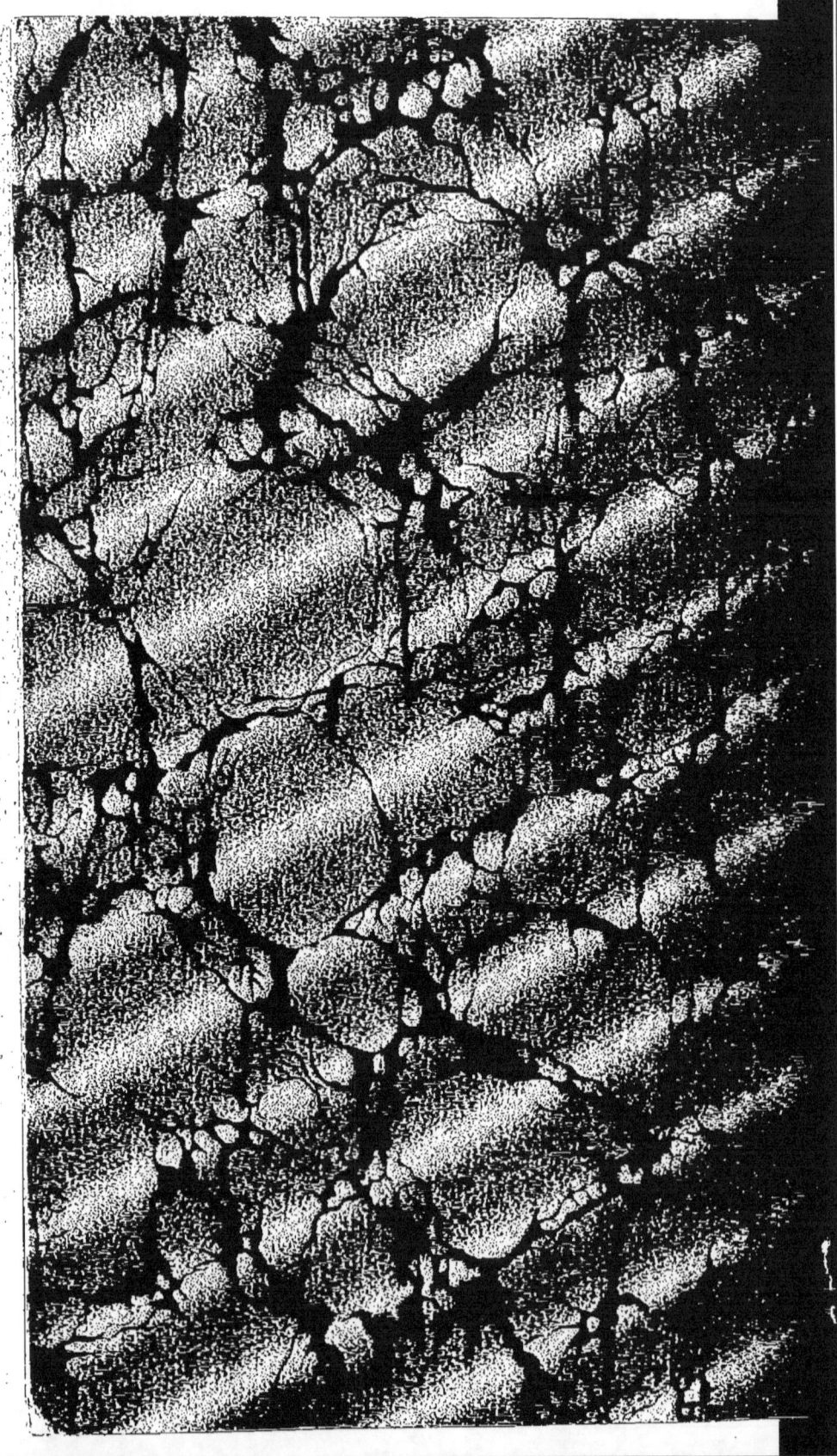

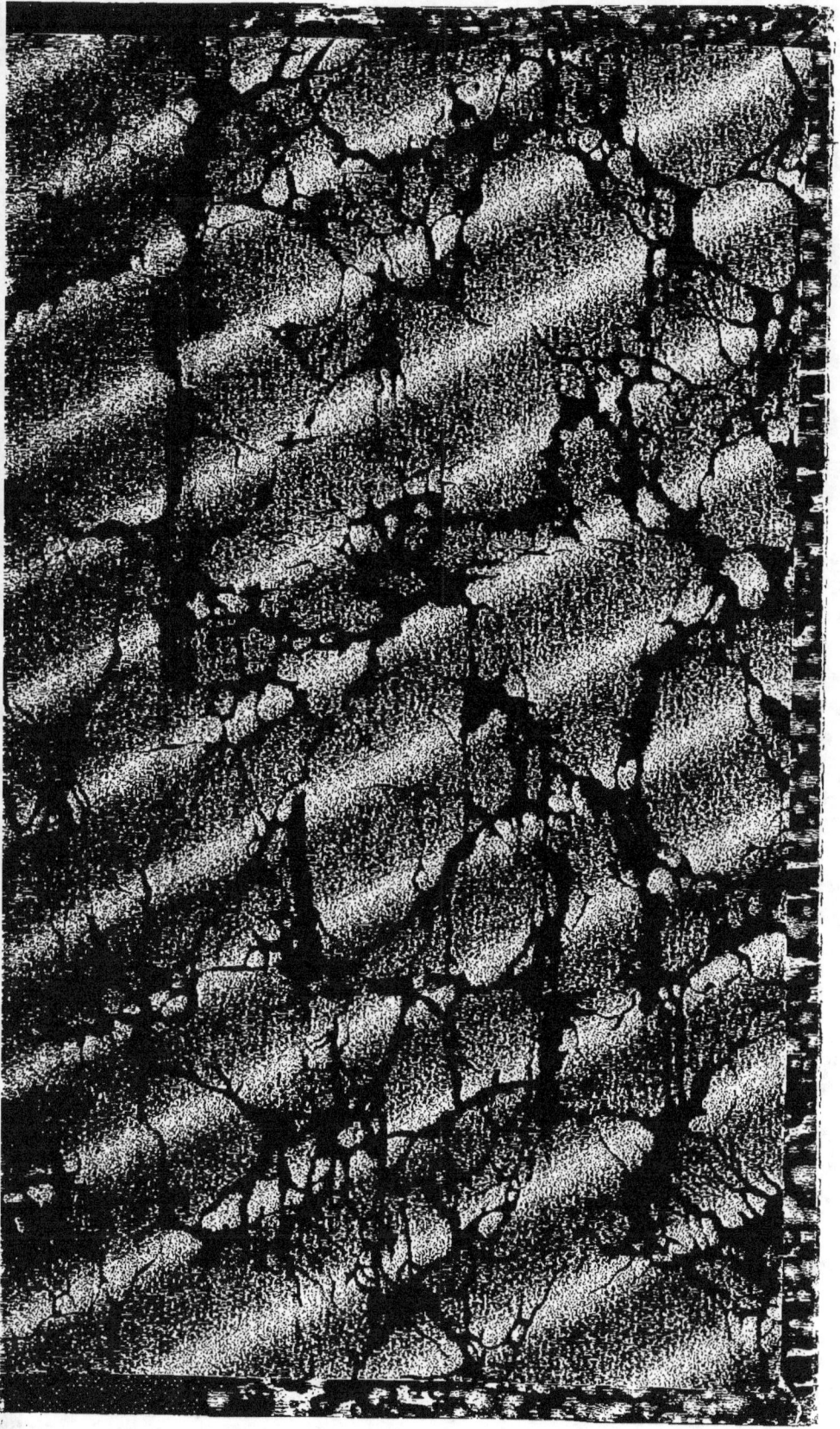

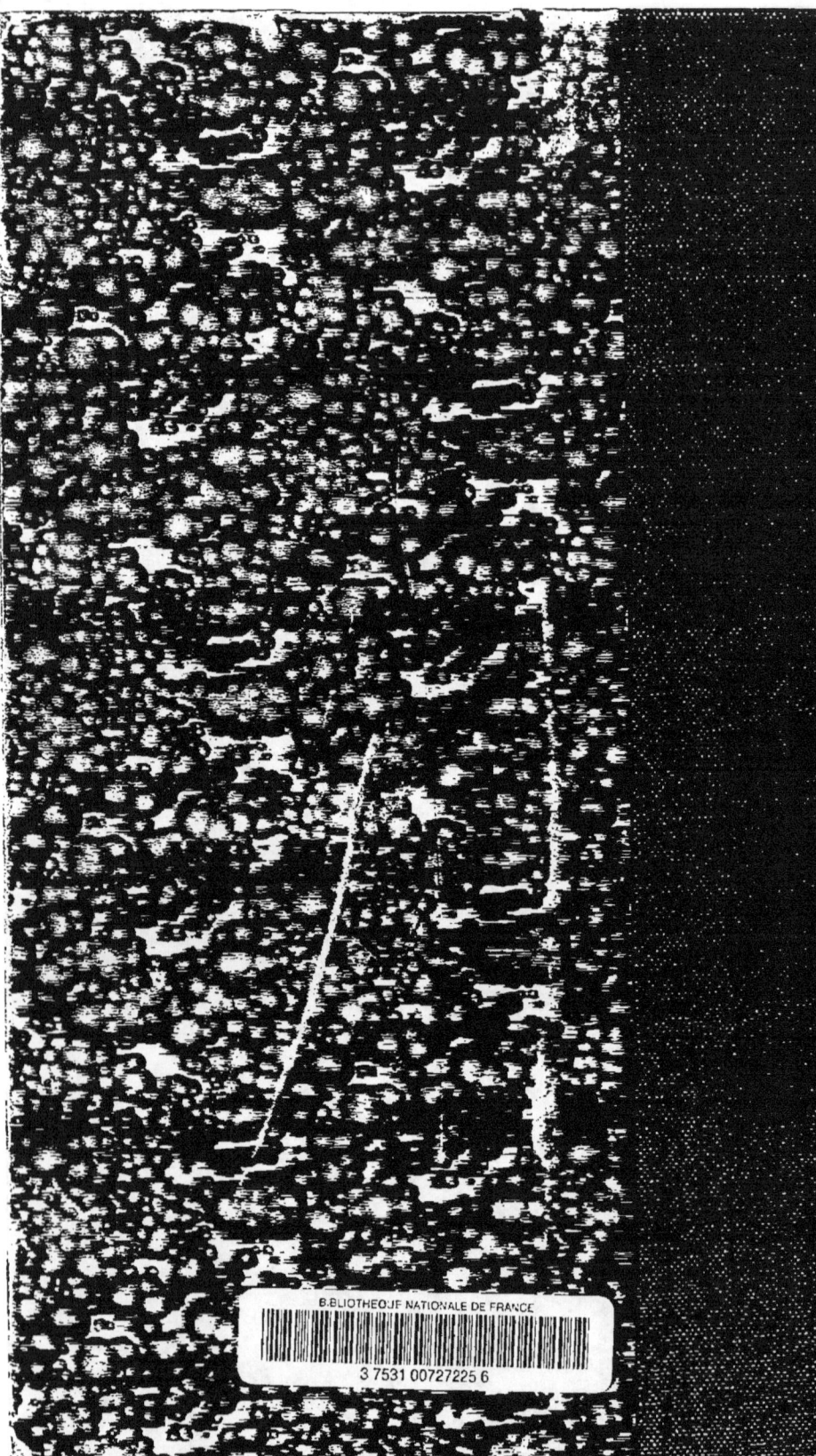

www.ingramcontent.com/pod-product-compliance
Lightning Source LLC
Chambersburg PA
CBHW071846020726
47502CB00003B/622